怕痛的我，把防禦力點滿就對了

2

夕蜜柑

[插畫] 狐印

Kadokawa Fantastic Novels

CONTENTS

All points are divided to VIT.
Because
a painful one isn't liked.

第一章　防禦特化與第二場活動

「活動終於要開始囉！」

「呵呵。梅普露，會不會緊張呀？」

「嗯！沒問題的啦！」

同樣等待活動開始的玩家們，不時偷瞄如此對話的梅普露和莎莉。這次人數有明顯增加，身穿各式裝備的玩家們紛紛湧進廣場。

名叫梅普露的少女——本條楓，是接受朋友白峰理沙的介紹而開始玩這款線上遊戲「NewWorld Online」，但極度缺乏遊戲常識。楓給自己的角色取名為梅普露，將配點全部點在【VIT】上，結果發現玩得很順利，接連獲得強力技能而堆出壓倒性防禦力，成為眾人關注的焦點。

而到了這即將開始的第二場活動，白峰理沙——即莎莉，也加入了她的行列。

莎莉與梅普露人在第二階的城鎮中。

今天是第二場活動開始的日子，她們鬥志高昂，也盡可能做好了最完善的準備。

兩人都迫不及待地等著活動開始的公告。
這當中，梅普露在人群另一頭發現認識的玩家。
「啊！莎莉你等我一下喔！」
她這麼說就暫時離開莎莉身邊，過去和那位玩家對話。
「克羅姆大哥，好久不見啦！」
「嗯？喔，梅普露啊。哎呀，好久不見了。」
梅普露找上的人叫克羅姆，先前在她想做塔盾時替她介紹工匠玩家伊茲。克羅姆和她一樣是塔盾玩家，在前次活動奪得第九名的佳績，實力堅強。
「我們一起加油吧！」
「好，一起加油。我相信妳一定可以打出不錯的成績。」
梅普露和克羅姆簡單聊幾句就返回莎莉身邊。
「莎莉！抱歉久等……快開始了吧？」
「是啊，人愈來愈多了。」
廣場聚集了平時好幾倍的玩家，人聲鼎沸好不熱鬧。
當廣場擠到水洩不通時，官方的公告響起了。
「這次是尋寶型的活動！玩家們要在接下來傳送過去的場地上，尋找散落於各個角落的銀幣，總共三百枚！銀幣集到十個就會變金幣，金幣在活動結束以後可以用來換技能或裝備！」

隨著這段公告，屬性畫面自動開啟，其中顯現金銀幣的長相。

而梅普露見過這枚金幣。

因為它和梅普露上次活動的紀念幣一模一樣。

「上次活動前十名的玩家，手上都已經有一枚金幣！各位玩家可以打倒他們搶走這些金幣，或是完全專注在搜索上，自己找自己的！」

空中接連顯示各種豪華戒指、手鐲等飾品，以及巨劍、弓等武器的圖片。當然，它們都藏在活動場地的某處。

其中當然也包含塔盾。

官方也發送金幣補救措施的訊息給所有玩家。若第一場活動中取得的金幣遭搶，活動結束時會給予五枚銀幣以茲補償。

「玩家死掉也只會掉金銀幣而已！不會掉裝備，敬請放心！而金銀幣也只有被玩家打倒時才會掉，歡迎各位放心探索！死亡以後，都會傳送到各自一開始傳送到活動場地的地點！」

這樣就能鬆一口氣了。

既然不會掉裝，就能用比較輕鬆的心情參與這場活動。

可以全力去探索。

「這次活動時間總長一個星期，由於時間經過加速，遊戲外時間只有兩小時！場地裡有幾個怪物不會經過的點，請各位玩家善加利用！」

也就是說，在遊戲內打打睡睡一個星期，在現實也不過是經過兩小時。

「感覺好神奇喔。」

「還說一旦中途登出就視同退出活動耶，所以要打到最後就不能登出了。再來……同隊的人會傳送到同一個點。」

莎莉和梅普露一邊用耳朵聽說明，一邊用眼睛看屬性畫面的訊息並討論行動方針，決定中途不登出打到底。

「希望能打到兩人份的銀幣。」

「嗯，加油！」

兩人就此全身發光，從第二階的城鎮消失了。

◆□◆□◆□◆□◆

「嗯……到了？」

「好像到了。」

腳底傳來大地的觸感。

兩人位在開闊草原中央。

空中有幾座不受重力影響的浮島，遠方是連綿的山脈，還有龍優雅地飛翔在無垠的清澈藍天。

官方這次規劃的場地自然景物相當豐富，是怪物們理想的棲息地。

可說是將任何人都曾經幻想過的奇幻世界寫照搬了出來。

「喔喔～！好美喔！」

「天啊……美到我都起雞皮疙瘩了。」

兩人在草原上邊聊邊走，走了二十分鐘都沒其他玩家的人影。考慮到梅普露上次一下子就遇到敵人，這次場地說不定非常大。

「這樣找得到銀幣嗎……」

「不曉得。慢慢來就好了吧？反正有很多時間。」

聊著聊著，兩人見到右手邊有個哥布林撥開矮草叢跑過來。目標好像就是她們，不管怎麼往左移動，哥布林也持續逼近。

「打哥布林的話……用白雪比較好吧。」

梅普露換上另一面塔盾。總不能把【暴食】浪費在這種地方。
【暴食】是梅普露平常用的塔盾【闇夜倒影】附帶的能力，原本可以對接觸的物體造成傷害，並轉換成MP。但或許是因為梅普露發揮出的效果強過官方預期太多，在上一次更新中遭到削弱，多了次數限制。
「我現在換這套裝備可以吧？有危險再拿闇夜倒影出來。」
「OK～！靠妳啦。這隻我來打吧？」
莎莉急速接近哥布林，揮出匕首。她以靈巧的動作躲開攻擊，準確砍中哥布林。莎莉與梅普露相反，是完全捨棄防禦力的零【VIT】，配點以【AGI】為中心，用敵人打不中就沒問題的打法不斷閃避並伺機反擊。哥布林掙扎著想用手上棍棒抵擋攻擊，可是那種粗劣的武器根本擋不了莎莉的匕首。
匕首俐落地打飛棍棒，同時在哥布林身上劃下深深的血痕。
第一個襲擊者就這麼簡單地化成光消失了。
「喔～！妳真的好快喔！」
「呵呵呵～謝謝喔！這附近算是弱怪區嗎？……說不定沒有銀幣喔。」
「嗯……有可能。我想銀幣應該都藏在很難找的地方。」
莎莉也贊成梅普露的想法，於是兩人決定先從山洞或森林等怪物較多的地形開始找起。

走了一小時之後。

「右邊是草原！左邊是草原！後面是草原！前面還是草原！」

莎莉有點受不了地大叫。不管往哪裡看，除了草原還是草原，到地平線都是滿滿的草原。

「太大了啦……從一開始到現在就只有哥布林……妳看，又來了……」

如梅普露所言，有隻哥布林拖著似乎是剛獵來的兔子走過。開心的哥布林似乎沒注意到她們倆，咯嘎咯嘎地發出難聽笑聲。

而這隻哥布林竟然就這麼在兩人注視下「走」到地底下去了。

「「……咦？」」

兩人呆愣了一會兒才赫然回神，急忙跑到哥布林消失的位置去。

「什、什麼都沒有耶？」

「不……絕對有問題！一定有！」

莎莉忽然有個靈感，往周圍空間擊出【風刃術】。

扭曲的空間遭到切斷，該處景物隨之恢復正常。

原來兩人腳下有段通往地下的階梯。

「大概是用【幻影】之類的技能……把入口藏起來了吧。這片草原這麼大，說不定

還有其他出入口喔……」

「要進去看看嗎？」

「那當然！這座洞窟藏得這麼隱密……一定會有一、兩枚銀幣！」

「好～！那我們走吧！」

兩人就此勇闖地下洞窟。

「嘿……咻！」

莎莉的匕首砍過一進洞沒多久就遇到的哥布林的臉。

洞裡的怪物沒有比較強，莎莉很輕易就能擊倒。

通道寬得可以兩人並肩走，武器揮起來不會綁手綁腳。

「又是岔路……」

梅普露嘟噥著。

她的抱怨不是無病呻吟，這座洞窟的岔路實在很多，像螞蟻窩一樣交錯縱橫，還有很多死路和小房間。

「要走哪邊啊……梅普露妳說呢？」

「……這次走右邊！右邊往下，魔王應該會在比較深的地方！」

「ＯＫ～那就走右邊。」

兩人沿路前進，來到較大的房間。

就在這時。

一陣嚎叫響徹洞窟，震得洞窟轟隆作響。

直覺告訴她們，這是魔王的咆哮。

然後是腳步聲、金屬敲擊聲。惱怒的嘶吼逐漸逼近她們。

「說不定那是魔王在下令喔，哥布林要殺過來了！」

「怎麼辦？」

莎莉架起武器，回答梅普露：

「這個房間只有兩條路，我們一人顧一條！」

「ＯＫ～！包在我身上！」

梅普露還不打算換盾。

因為覺得有留到魔王戰的必要。

接著她抽出新月。

戰鬥開始了。

「【毒龍】！」

梅普露的短刀湧出紫光，化為三頭龍形象的毒液奔流，挾帶沒有【毒免疫】水準的強力抗性則無法抵擋的毒素傷害襲向哥布林。

一開始就是火力全開的攻擊。梅普露的總ＭＰ很低，不少技能和魔法也有次數限制，所以攻擊次數耗得愈多，攻擊能力就會愈來愈差，要盡可能一口氣掃平敵人。

然而梅普露朝如雪崩般大舉淹進房間的哥布林所釋放的毒龍，竟在她們眼前被一道發光的屏障擋下。

通道深處，擠成一團的哥布林最後面有三隻以帽簷遮住了臉，手持長杖的哥布林。

兩人猜想屏障應是那三隻放的魔法。要是可以一直擋，事情就麻煩了，但幸好莎莉這個擔憂沒有成真。

屏障是牠們的絕招，三隻持杖的哥布林已經氣喘如牛。

表示梅普露的攻擊就是那麼強勁。

而且毒龍的傷害不只是那樣。

就算擋下了直接攻擊，漫布周圍的毒液不會消失。

接觸到毒液的哥布林個個表情痛苦地倒下，化成光消散不見。

然而哥布林群仍在同伴消失前踏過牠們的屍體，越過毒海前進。

也許是魔王的命令不可違抗，牠們一股腦地往眼前敵人衝。

「【盾擊】！」

雖然梅普露的攻擊幾乎沒有直接傷害，不過其擊退效果卻能將哥布林推回毒海之中。

光是重複這個動作，哥布林的數量就穩定地持續減少。本該用魔法支援的三隻哥布林都耗盡ＭＰ了。

「【盾擊】！好，沒了！」

消滅最後一隻哥布林以後，莎莉正好也結束戰鬥，往梅普露那邊去。

並在見到哥布林法師時用魔法攻擊牠們。

「【火球術】！然後【風刃術】！」

看來哥布林法師根本沒有防禦力可言，兩三下就倒了。

「辛苦啦，莎莉！」

「辛苦啦，梅普露。話說，妳下手好重喔。」

莎莉以既驚訝又沒輒的表情看著毒海說。

「嘿嘿嘿……不要管我了，快走吧！前面一定就是魔王房！」

梅普露靦腆傻笑轉移話題。

「也對，快走吧！……嘿！」

莎莉跳過凌虐哥布林的毒海，而梅普露當然是直接走過去。她的毒素抗性是無懈可擊。

「要是我碰到，也是馬上就掛了吧。」

魔法擊中隊友雖不會造成傷害，但其產生的效果卻是另當別論。

抓到被隊友的火球術點燃的樹枝，一樣會受傷。

「我會小心的。」

「麻煩妳囉。」

兩人繼續往洞窟深處大步前進。

決戰就在眼前了。

◆□◆□◆□◆□◆

「發現很可能是魔王房的地方了！」

眼前出現了這一路上唯一的一扇門，門上有裝飾，怎麼看都是魔王房的調調。

兩人推開這高達五公尺的木門進入房中。

房間很寬，光線昏暗。

差不多有十公尺高。看看周圍，寬度大概也差不多。

只有深度多了一倍，最裡頭有個巨大的寶座。

還有個長相醜惡的哥布林坐在上頭。

由於是坐著，無法確定實際大小，但應該有剛才那扇門那麼大。大約是一般哥布林的三倍大。

哥布林注意到兩人進房，大聲咆哮。

震耳欲聾的音量使兩人皺起了臉。

「我們趕快幹掉牠吧！牠有點……吵。」

「就是說啊，我們上！」

莎莉點點頭。

梅普露換上闇夜倒影，做好決戰準備。

距離哥布林約二十公尺。

莎莉要以最快速度逼上去。

但哥布林不許她那麼做。

牠抓起倚在寶座邊的巨大軍刀站起來向前進，粗暴地一陣亂砍。

猛烈的刀風與與凶刃朝莎莉步步進逼。

「【衝鋒掩護】！【掩護】！」

莎莉不曉得自己能否躲開牠的刀，因為梅普露立刻舉起塔盾挺身而出，擋下比她身高長上一倍的軍刀，以【暴食】的效果將其消滅，轉換成MP了。那壓倒性的破壞力，在戰鬥剛開始就奪走了敵人的主力武器。

軍刀化成光消失不見。

「NICE！好……！」

莎莉更進一步接近魔王。而梅普露接下來的行動，別說哥布林，說不定連莎莉都意想不到。

「【衝鋒掩護】！」

梅普露突然加速追上疾奔的莎莉身邊，哥布林還沒有攻來。

驚訝之餘，莎莉繼續往魔王前進。即使梅普露做出完全出人意表的神祕行動，現在也不能停下腳步。

「【衝鋒掩護】！」

梅普露再度發動技能，強行追上莎莉。如此一來，兩人都逼到了哥布林眼前。

哥布林轟隆一聲以牠肌肉結實的手臂揮下一擊。

但這一擊沒有打中莎莉。

以迴避力自豪的她才不會中這種單調的攻擊。她順勢縱身一躍，瞄準哥布林的腹部。

就在莎莉近到匕首能接觸哥布林的身體時——

「【衝鋒掩護】！」

【衝鋒掩護】的用途已經搞笑到莎莉不禁苦笑。

梅普露藉此貼到哥布林身邊，進入塔盾所及範圍之內。

莎莉砍一刀之後就立刻離開現場避難。

接著梅普露旋一扭身，掃出塔盾。

「嘗嘗我塔盾的威力！」

哥布林腹部華麗地爆出塔盾尺寸的命中特效，ＨＰ一口氣掉了約三成。

那一擊似乎挑起了哥布林的怒火，梅普露被牠狠揍一拳，摔在地上。

「呵呵……傷害兩倍嗎？零的兩倍還是零啦！」

【衝鋒掩護】的代價——受傷兩倍，在梅普露超乎常理的防禦力面前形同虛設。然而對鎧甲而言不是這麼回事，它劈哩劈哩地裂開碎掉了。

「唔咦！」

才剛嚇一跳，碎掉的鎧甲發出淡光，立刻恢復原本的模樣。

「啊！對喔，有【破壞成長】！」

損壞的裝備會成長得更為堅硬、牢固。

這時莎莉問梅普露：

「可以再來一次嗎？」

「當然可以！」

梅普露爬起來，觀察莎莉的動作。

在哥布林的拳頭即將擊中莎莉那一刻——

「【衝鋒掩護】！【掩護】！」

梅普露衝到拳頭和莎莉之間，架起塔盾。

拳頭就這麼被塔盾從最前端吞了下去，散成紅光。為了擊中敏捷的莎莉，這拳揮得又快又猛，根本收不住。

哥布林的ＨＰ再度大幅減少。

大約剩下四成。

於是梅普露抽出新月。

「我也要多表現一下才行！【超加速】！」

莎莉的身影忽而朦朧，開始加速。

就此高速竄到哥布林背後，展開攻勢。

「【二連斬】！【風刃術】！【猛力攻擊】！【二連斬】！」

受【超加速】影響的高速連擊全打在哥布林背上。然而砍了這麼多下也只砍掉一成半血條，可見梅普露的塔盾是多麼異常。

捱了這樣的攻擊，哥布林的注意想不轉向莎莉也難。

哥布林轉過身，同時一團黃色特效纏上牠的右手，要蓋過紅色傷害特效般揍了過來。

這一擊雖沒打中莎莉，卻把地面擊出一個大坑。

「威力是變強了啦……可是太慢了！」

莎莉遠離哥布林，紅了眼的哥布林氣得想追上去。

「追我？你確定嗎？在我看來……那邊比較恐怖喔？」

「【毒龍】！」

梅普露的喊聲喚出三頭毒龍。

哥布林只顧追莎莉，沒注意到更大的威脅，背後硬生生中了毒龍的攻擊。

毒龍的大量傷害，加上最高級的毒傷。

然而或許是哥布林首領的骨氣支撐著牠吧，牠還是沒倒下。

但那也沒持續多久，哥布林巨大的身軀很快就化作耀眼光輝爆散無蹤。

「辛苦啦～！」

「辛苦了……話說，妳那是什麼怪招啊？」

「怪招是說【衝鋒掩護】嗎？那超棒的喔！跟我想的一樣，移過去之後還能順便攻擊！」

「這樣用還能活下來，又能打出有效傷害的，就只有妳一個啦……」

事實上，一般塔盾玩家做同樣的事，只會連續不斷地遭受雙倍傷害，很快就得趴。

原本【衝鋒掩護】是用來在緊急時瞬時擴大防禦範圍，絕不是像梅普露這樣用來高速移動。

況且，有這種誇張攻擊力的也只有梅普露一個吧。若沒有這個條件，就無法在高速移動後進行有效攻擊，這種打法的效益就差多了。

再說，如果是為了攻擊才這麼做，一開始就不用選塔盾了。

「莎莉最後那個也超快的耶！」

「是啊，ＡＧＩ增加50％嘛。雖然有三十分鐘的冷卻時間……但應該很夠用了。妳看。」

莎莉叫出屬性畫面，指著技能的位置給梅普露看。

【超加速】

提昇ＡＧＩ50％，持續一分鐘。每三十分鐘能使用一次。

說明文寫的效果是既單純又強力，很適合莎莉的角色特性，實在很不錯。

「今天只能再用七次【暴食】……要盡可能用在速戰速決上了……」

「現在妳招式的次數很吃緊呢。趁這次活動拿一個好用的技能吧！」

「嗯，就是說啊！」

說完，兩人走向哥布林的寶座。

那裡有個沒裝飾的大寶箱。

「我開囉？」

「ＯＫ～！開起來！」

莎莉打開寶箱。

裡頭裝著一把軍刀，和哥布林用的一樣。

還有兩枚閃耀的銀幣。

「好耶！有銀幣！」

「而且有兩枚！兩枚耶！」

兩人看也不看軍刀，整顆心都被銀幣迷走了。畢竟軍刀不是她們能用的裝備，不感興趣也是理所當然。

「一個地城有兩枚銀幣的話……總共有一五〇個地城……？」

「可能會隨難度增減喔？愈強的魔王就愈多這樣！再來……也可能有不用打魔王，只是藏得很隱密那種……」

「對喔，也可能有那種的。」

莎莉暫停猜測，拿起軍刀查看屬性。

「哥布林王軍刀」
【ＳＴＲ　＋75】【加速損傷】

「喔喔喔……好無腦的武器啊……」

「感覺怎麼樣？」

「很容易壞，不能打太久，可是ＳＴＲ加75。」

「我們不能裝備吧？」

「嗯。」

「那裝備部分就銘謝惠顧了……」

「再去找下個地城吧？寶座後面有魔法陣，應該踩上去就會傳送到外面喔。」

「……今天應該還能再打一個吧？技能應該夠用！」

兩人討論過後站上魔法陣。

考慮到梅普露的【暴食】每天都有十次，最好是每天都盡可能地探索，把它用光。

不能帶到明天，表示能全力攻略的地點有限。

當光芒消失，兩人回到了原來的草原。

「都忘了……總之先離開這片草原再說吧……」

「要、要往哪裡走才好啊？」

「前進！這樣應該最好。到剛開始看到的那座高山為止，不太可能都是草原吧。」

「說得也是！」

兩人就這麼往山地出發了。

第二章　防禦特化與繼續探索

兩人在草原上走了一小時。
前方總算出現森林的影子。
景色的改變使兩人找回活力，加快腳步向前進。

「終、終於到了！」
「這森林好濃密喔……」
兩人踏入森林之中。
天空照下的光線幾乎穿不進蓊鬱的森林，陰陰暗暗。
而且到處是草叢，容易遭受怪物偷襲。
「我來保護妳～！」
「妳真的比誰都可靠耶。」
要是能打倒梅普露的攻擊，恐怕誰來也擋不住吧，擔心有那種怪物埋伏也沒用。莎莉小心翼翼地躲在梅普露背後，往森林深處走。

過了三十分鐘。

兩人所擔心的埋伏一次也沒發生，一路上都只是和平的探索。

「怎麼都沒怪啊？」

「完全沒怪反而詭異。」

「啊哈哈……真的……」

莎莉說得沒錯，靜悄悄的森林感覺很陰森。

走得愈深，聲音就愈少，真的什麼也聽不見。

「說、說一點話好不好！」

無法言喻的不安使莎莉大叫。

「咦？說、說就說啊？呃……」

當梅普露為改變氣氛而刻意找話題時——

兩人聽見「噗」的一聲，是點火的聲音。

這一路上第一次聽見的異音，讓兩人反應特別敏感，立刻往聲音來向望去。

只見幾個藍色鬼火飄飄晃晃地靠近她們。

「這是遊戲這是遊戲這是遊戲……！好，我行的，我行的……」

莎莉不斷自言自語。

「完全是不行的樣子嘛！」

「要跑嗎？快跑吧？就這樣吧？」

事實證明她真的不行。

「那、那趕快脫掉裝備！我背妳跑！它、它們愈來愈靠近了啦！」

【ＡＧＩ】掛零的梅普露想和莎莉一起快速移動時，幾乎都是讓她背，於是乖乖脫下裝備減輕重量。

「是啊，在這裡用【暴食】太浪費了……」

只留新月以防萬一後，梅普露爬到莎莉背上。

剎那間，莎莉恨不得早一秒離開這裡似的一語不發拔腿就跑。

鬼火出現以後，其他怪物也似乎都活過來了。

飄浮的骷髏、五顏六色的鬼火、殭屍和半透明的人類等各式各樣的亡魂幽靈一個接一個冒出來。

「唔……！早知道是這種森林就不來了！」

「喔～！這個火好漂亮喔！還有綠色的耶！」

反應有如沙漠與凍原的劇烈溫差的兩人無暇戀戰，只管在森林裡到處跑。

最後總算發現一間破爛的空屋，衝進去避難。

「這裡好破喔……要搜搜看嗎？」

「交給妳啦。」

「妳從以前就很怕鬼耶～」

「那種東西我根本沒辦法習慣。幸好在遊戲裡，有辦法甩掉……沒有怕得用盡全力就不錯了……」

莎莉疲憊地拉破屋裡的椅子來坐。梅普露已經開始搜索，不過破屋裡本來就沒有什麼家具。

只有一張破破爛爛的桌子，和莎莉坐的那張破爛椅子。

桌下鋪了條髒髒的地毯。

還有一個老舊的衣櫥。

連床都沒有，應該沒人住吧。

窗戶玻璃不是裂就是破，勉強嵌在窗格裡。

「衣櫃裡……什麼都沒有。」

梅普露還以為至少會藏銀幣，但事實沒有她想得那麼美。

於是她打開屬性畫面，看上頭的時鐘。

「怎麼辦？現在遊戲時間已經過六點……馬上就要入夜了。」

「呃……所以才會有幽靈跑出來吧……進錯時間了……我帶了很多吃的，可以撐一下，可是我實在不想在這裡過夜耶……不過……」

莎莉往窗外偷瞄一眼。

有幾個明顯不是玩家的人影到處遊蕩。梅普露也來偷瞄，發現人影是逃跑途中見過的殭屍和幽靈之類。

怪物沒有進屋的意思，兩人都覺得暫時待在這裡比較安全。

要是出去了，莎莉一定又會鬼叫得像掉進地獄一樣。

「沒辦法……只好忍著點了……」

房間裡沒其他椅子，結束搜索的梅普露直接在莎莉身旁的地板坐下。

「先把裝備穿回來吧……盾牌用白雪就好了吧……然後，要玩撲克牌嗎？」

這遊戲裡也有幾種簡單的娛樂道具，撲克牌就是其中之一。

「這樣或許能分散一下注意力啦……可是只有兩個人的話，玩什麼都玩不久喔？」

「啊！對、對喔！我沒想到！」

莎莉看著錯愕的梅普露呵呵笑。

她情緒似乎是稍微平復了點，伸個大懶腰就接過梅普露帶的牌發了起來。

夜晚才剛要開始。

「好……這張！」

「真可惜，是鬼牌。」

「唔唔唔……」

梅普露懊惱不已。

除了撲克牌，她還拿出黑白棋、西洋棋等遊戲，跟莎莉一起玩。

中途停下來吃點晚餐，然後繼續玩。

儘管遊戲裡不進食也不會有任何問題，可是莎莉若不和現實時間一樣吃點東西就提不起勁，所以帶了很多食物。

她也分給梅普露，兩個人一起吃。

梅普露帶的就只有娛樂用具而已。

「嗯……這張！好，我贏囉！」

「可惡……」

這雖然像是校外教學中學生房間的一景，但周圍是樹海，她們人在破屋裡。

「我們玩了好久喔……都十點了。」

梅普露查看時間，將撲克牌等玩具都收進道具欄。

「外面那些還是很有精神地晃來晃去……看來只好在這過一晚了……」

「過夜就過夜吧。這座森林裡面應該也有銀幣或裝備……等天亮怪物消失以後再來找就好了吧？」

「抱歉喔，害妳多等一晚才能找。」
「沒關係啦！不過妳，明天要好好加油用力找喔！」
「知道了！」
兩人取出睡袋，在地上攤開。
互道晚安後，梅普露就躺平了。
由於怪物還是可能夜半來襲，兩人要輪流守兩小時的夜。
梅普露先睡。

「好安靜喔……」
在只聽得見梅普露鼻息的破屋裡，莎莉獨自坐在椅子上警戒四周。
不過她們似乎是多慮了，怪物沒有來襲。
當時間快到十二點，莎莉站起來要叫醒梅普露時——

桌邊出現帶著雜音的低沉聲響。
斷斷續續，但的確有聲音。
「嗚嗚嗚哇啊啊啊！」
要叫醒梅普露而起身的莎莉直接往她身上跌下去。

儘管防禦力高強的梅普露毫不在乎地呼呼大睡，不過盔甲撞擊地板的響聲、莎莉的大叫和低沉聲響的三重奏仍吵醒了她。

「怎麼了……？」

「有、有鬼！桌子那邊！桌子那邊！」

梅普露暫且擱下因為恐懼與焦慮而語言能力低下的莎莉，靠近桌子。

那裡的確有低沉的聲響。

她豎起耳朵，想找出聲音的來源。

「桌子……下面？」

桌腳下鋪著破破爛爛的地毯。

莎莉已經在角落縮成一團，她只好自己使勁去推桌子。

【ＳＴＲ　０】就是這樣。

推開以後，梅普露掀起地毯檢查。

「這裡……還有地下室？」

地毯下有塊可以活動的地板，還有把手。

梅普露立刻試著打開。

「一拉就開了耶！……有樓梯。」

低沉的聲音變大了，清楚表示來源肯定就在這下面。

「我去探個險喔？」

「我……也要去。要是妳被幹掉就慘了……」

莎莉慢慢站起，緊緊黏在梅普露背後。

「我開路妳放心！」

「謝謝喔……好……！我們走！」

莎莉也給自己打個氣，往地下聲響的來源邁進。

兩人就此走下樓梯。

◆□◆□◆□◆□◆

梅普露和莎莉步步為營地一階一階往下走。

聲音愈來愈大。在前預防偷襲的梅普露，看見了一扇陳舊的門。

手扶上門把一扭。

「……沒有鎖，我開囉。」

「ＯＫ～好，放馬過來！」

梅普露開門的同時架起塔盾，而聲音也隨門的開啟變得十分清晰。

「好痛啊……好痛啊……啊啊啊……啊……」

梅普露從塔盾後探出頭，往門裡窺探。

房裡的地上有幾枝燒到一半的蠟燭。

燭火映照出的，是一個被綁在椅子上，渾身是血的男子。

「好像沒有敵意……的樣子？也不是玩家呢。」

莎莉也跟著七上八下地從梅普露背後探頭，見到那悽慘的模樣而皺起眉頭。

「現在怎麼辦？」

「嗯……他說很痛……好想幫他治療喔……」

「我有【治療術】喔，要試試看嗎？」

「嗯……拜託囉！」

決定行動以後，莎莉使用了【治療術】。

柔光籠罩男子，稍微癒合他的傷勢，但距離完全治癒還差得遠。

「再來一次！【治療術】！」

莎莉一面檢視傷勢，一面反覆施放【治療術】。

用掉兩罐ＭＰ藥水後，才終於完全治好男子的傷。

兩人露出滿意的笑容。

「謝謝……妳們……」

傷勢復原的男子微笑著這麼說，且身體逐漸化為白光並淡去，最後消失不見。

「他是……升天了？」

「應該是吧？我看他也不是活人……嗯？」

莎莉發現有個東西擺在男子所坐的椅子上。陰暗的房間中，那東西反映著燭光而微微發亮。

撿起來一看——

「這是……戒指？」

「喔～！那個人的謝禮嗎？」

她隨即檢視那烏黑戒指的能力。

「生命戒指」

【ＨＰ　＋１００】

「嗯……這算是妳那個強韌戒指的進階版吧？取得條件滿簡單，對妳來說也很不錯吧？」

莎莉說完便將戒指交給梅普露。

「給妳戴。我加ＨＰ也沒什麼意義，而且妳不是沒在點ＨＰ嗎？ＨＰＭＰ都是一點加二十，影響很大喔。」

她知道梅普露會怎麼回答，便從屬性說起。

「因為我決定只點【ＶＩＴ】了嘛……可是，真的要給我嗎？說不定是活動限定的裝備喔？」

聽了這問題，莎莉微笑著回答：

「如果妳怎麼也不想白白拿這個戒指，那就當我借妳的吧。妳在這次活動裡多半也會拿到不需要的裝備吧，如果有用……」

「知道了！到時候就給妳！……那麼，我就感恩地裝備起來囉……」

這樣梅普露的總ＨＰ就從一百加倍為兩百了。

堪稱是可以相當安心的數字吧。

同時，由於飾品欄已全部裝滿，以後ＨＰ就沒這麼容易提昇了。

「我們回去睡吧……」

睡眠可以恢復專注力，所以靠專注力保命的莎莉提議睡覺。儘管不睡也可以繼續玩，但精準度肯定會降低幾分。

「這麼大的森林會只有這個事件嗎？」

「嗯……不曉得耶？可能好歹還會有一個吧……可是很可能會受到時間的影響。這好像也是到了十二點才會發生的事件。」

其他幽靈的出現也多半是特定時段才會觸發的事件，結論是要在這裡探索個幾天才能得出正確答案。

「那明天就離開這座森林吧。」

「嗯，就這麼辦。」

畢竟莎莉本來就不想在森林裡久留。

兩人離開地下室，將家具恢復原位，照原先計畫輪流睡覺。

「晚安囉，梅普露。」

「晚安～！我會專心守夜的，妳安心睡吧！」

「呵呵……謝謝喔。」

隨著班次輪替，天亮的時間也逐漸接近。

第二天終於開始。

「好，今天也要加油喔！」

「喔～！」

兩人簡單吃過早餐以後就離開破屋，衝進森林。

為了縮短時間，照樣是莎莉背梅普露跑。

途中莎莉不時停下來爬上樹梢確定山地方向，就這麼跑了一個小時。

森林的盡頭終於出現在眼前。

「好！出來了！」

「嗯～！好久沒見到陽光，好刺眼喔……」

梅普露穿回裝備伸個懶腰。

眼前是沒有幾根草的大片荒地，只有地面還有一些稀疏的綠色，每一棵樹都是隨時會枯死的樣子。這樣的荒地，一直延綿到山腳下。

「總之我們先往山的方向走吧？還滿遠的呢。」

莎莉對梅普露提議。梅普露沒有特別想去的地方，自然是贊成。

「也只有遊戲環境才會有這麼大的變化吧～」

「不曉得再來會看到什麼風景，好期待喔～」

兩人在荒野中邊走邊聊。由於地形平坦，很容易看見怪物接近，防守起來也輕鬆。

因此，她們遠遠就看見前方有三個看似玩家的人影。

「梅普露，有人喔。」

「裝備怎麼辦？先換【暴食】比較好？」

「用【暴食】可能比較好。如果直接開打……妳就直接用【衝鋒掩護】殺進去……然後……」

莎莉對梅普露小聲說明另一個作戰計畫。

「收到。」

兩人加倍小心地前進。梅普露在前次活動獲得第三名，大部分玩家都見過她的長相吧。

某些人或許會想搶她的金幣而攻來。

途中，對方也注意到她們的存在，停下來交頭接耳。

他們沒有拔出武器，朝兩人走去。

那三名玩家都是男性，各持巨劍、短劍、單手劍，是個只重物理傷害的隊伍。

接近到可以對話的距離後，三人開口說：

「天啊，想說終於傳過來以後第一次遇到人……結果是上次的前十名……」

「真的嚇死我們了，我們沒有打玩家的意思，拜託放過我們……！」

「我們正準備要上山……不想浪費技能。」

「這樣啊～我們剛好也要上山。山裡應該會有東西吧……」

三人也同意梅普露的說法，請求同行。

「莎莉，妳說呢？」

「……沒關係吧？」

就這樣，五個人結伴上山尋寶了。

「那我帶頭……梅普露妳在他們三個前面掩護。」

「ＯＫ～！不管來什麼怪物，我都擋給你們看！」

梅普露高高舉起塔盾。

「感覺真可靠。」

「真的。」

聽著背後三人竊竊私語，莎莉和梅普露繼續走。

途中遇上幾次怪物，但是都不用梅普露出手，莎莉已經全部打倒了。

目的地愈來愈近。

「好，再加把勁！」

梅普露伸個大懶腰。

就在這時。

「我們上！【破甲】！」

「【破防】！」

「【穿甲刃】！」

後方三人一起砍了過來。

以穿透防禦力的技能殺向梅普露。

他們似乎一路上都在找梅普露的破綻，搭配得毫無遲滯。

堪稱是天衣無縫的偷襲。

「【衝鋒掩護】！」

可是，他們的凶刃碰不到梅普露。

莎莉告訴她的另一個作戰計畫，就是在他們三人同行以後故意露出破綻，看看他們是不是心懷鬼胎。

因為莎莉認為他們一旦請求同行，偷襲的機率就很高。

只要莎莉在附近，梅普露就有最快的閃避手段。

儘管不是絕對安全，梅普露仍贊成莎莉的提議。

且一路上提防著他們。

而他們都沒注意到梅普露和莎莉時時在留意他們的一舉一動。

太專注於獵物上，反而沒注意到自己可能也成了獵物。

「什麼！」

偷襲失敗嚇了他們一跳，停在原處。

他們一定是以為十拿九穩吧。

「【毒龍】！」

反擊的毒龍毫不留情地吞噬那三人，一口氣削光了他們的血條。

「還真的偷襲了呢……」

「是啊，妳本來就比較容易被盯上……小心駛得萬年船囉？」

「幸好【衝鋒掩護】可以立刻發動！沒有那個就危險了……」

「再來……有銀幣嗎？說不定有掉喔。」

梅普露應莎莉的疑問踏入毒海，搜索三人倒地的位置，沒有找到銀幣。

「看來還是別想著賭大的比較好啦。」

「就是說啊。」

本次活動的第一場ＰｖＰ，就這麼以梅普露和莎莉的勝利收場。

「把壞蛋幹掉以後……我們開始爬山吧！」

「喔～！」

兩人重整旗鼓，往山嶺前進。

◆□◆□◆□◆□◆

地面開始傾斜。

終於踏入山地的範疇。景色起初和平地一樣都是荒地，漸漸地堆起了雪，愈來愈難走。

「在雪山裡也不會冷，感覺好奇怪喔！」

「是啊～會冷的話我穿這樣根本不能爬山，真是太好了。」

兩人邊聊邊前進。

「應該有很多玩家會想來爬這座山吧，要小心不要被他們先撿走。」

「就是啊，趕快趕路吧。」

兩人大步往山上爬。她們爬的是最高的山，目前周圍沒有其他玩家。

不過玩家還是可能從另一邊爬過來，不曉得什麼時候會遇上。

「梅普露！有怪物來囉！」

「知道了！」

梅普露換上白雪。

考慮到可能有魔王級怪物出沒，【暴食】能省則省。
這裡的怪物數量和樹海截然不同，戰鬥次數增加了很多。
「喔，升級了耶，19級了！屬性……全點AGI吧。」
山坡上到處是大岩塊，隨時有怪物蹦出來也不奇怪，不可掉以輕心。
兩人在前進途中隨時戒備周遭可能的偷襲。
經常從空中攻擊的鳥型怪，只能靠魔法解決，對MP是一大損耗。
地上的怪物主要是狼型，動作敏捷。
「山上不好站，真難打。」
「趕快爬上去吧！」
一路過關斬將地走了兩小時半。
四處景物都已被白雪覆蓋。兩人踏著沙沙作響的每一步，不懈怠地往上爬。
「我們爬得好高囉。」
「嗯，再一個小時就會到山頂了吧。」
莎莉仰望山頂。
多虧於此，她發現前方出現怪物。
距離二十公尺處，有隻全身白毛的猿猴。

猿猴濺著雪花衝了下來。

「來囉！」

「嗯！」

兩人擺出戰鬥架勢的同時，猿猴身旁浮現兩面蒼白的魔法陣。

牠和先前的怪物有個不同之處。

那就是會使用魔法。

「【掩護】！」

梅普露當場決定掩護莎莉。

並感到連續的衝擊打在塔盾上。

如機關槍般不斷射來的冰彈，都被梅普露穩穩擋下。

猿猴憑著火力壓制靠近她們，在魔法陣消失的同時猛揮纏繞白光的拳。

更沉重的衝擊轟在梅普露架持的塔盾上。

「莎莉！」

「【二連斬】！」

莎莉趁猿猴注意力放在梅普露身上時從旁竄到牠背後，重砍一刀。

猿猴只是痛得大叫，並沒有倒下。一雙盛燃怒火的眼睛轉向莎莉，揮拳反擊。

即使腳邊積雪不利行動，莎莉仍迴避無礙。

「【猛力攻擊】！」

兩記反擊深深劃過猿猴的腹部，但牠還是不倒。

血盆大口裡出現了白光閃耀的魔法陣。

「【超加速】！」

莎莉當機立斷，用掉絕招。

剎那間，大量冰錐刺在莎莉原來的位置上。

「【劈斬】！」

躲過冰錐噴吐後的反擊終於打倒了猿猴。

猿猴的屍體化為白光而消失。

「呼……竟然要用到【超加速】……」

「我是不是應該多幫妳一點啊……」

「不，妳把招式留給魔王比較好。反正【超加速】還能再用……接下來路上就交給我吧～」

「嗯……那好吧。可是危險的時候，我還是會用【掩護】喔？」

「謝啦！這樣最好。」

兩人繼續爬雪山。猿猴似乎是中魔王級，沒有遇到第二隻。

相對地，路上有捲起滾滾雪煙鑽雪而行的鼴鼠，還有裹上一身雪，像雪球一樣滾動的白色犰狳。

「鼴鼠真的要特別注意……至於犰狳嘛，只要躲開就會自己滾不見，很好應付。」

「要是被犰狳撞到，我搞不好會直接死掉……不過妳應該撐得住吧。」

兩人聊著怪物話題努力地爬。

不久，山頂終於到了。

山頂是一片平整的圓形平台，中央有座石砌的小祠堂。

祠堂前有個魔法陣，邀請她們似的發出耀眼白光。

這是出現過好幾次的傳送魔法陣。

兩人正要接近魔法陣時。

有四個玩家從平台對面爬了上來。

是巨劍、塔盾、兩名魔法師所組成的隊伍。

對方也注意到梅普露和莎莉，看著她們。

莎莉已經做好ＰｖＰ的準備，但好像沒這個必要。

「啊！克羅姆大哥！」

「喔？……梅普露啊，沒想到會在這裡遇到妳……啊，我們沒有對戰的意思。反正

大概打不贏。」

克羅姆一行跟著收起武器，舉起雙手。

「我也不想打……可以吧，莎莉？」

「是啊，這樣比較好。我們也不想浪費資源……雖然多小心點也不會吃虧……但應該沒問題……吧？」

由於無法保證絕對安全無虞，莎莉保持警戒繼續對話。

「那麼……我們現在怎麼辦？這座祠堂應該只會給一次獎賞吧？」

莎莉說得有理。若攻略成功，可能就再也不會有獎賞，克羅姆或梅普露的隊伍誰先進去是個很重要的問題。

梅普露想了一會兒，說道：

「嗯……莎莉，這次讓給他們好不好？」

聽她抱歉地這麼說，莎莉先是一陣驚訝，然後微笑著回答：

「……只要妳願意，我怎樣都好喔？可是妳要答應我，事後就不可以後悔了！知道了嗎？」

「嗯……知道了！……那麼，就請你們先進去吧！」

梅普露對克羅姆一行說。

「真、真的嗎？這種事通常是先打先贏耶……」
「真的沒關係！趁我改變心意之前快點走比較好喔？」
梅普露這麼說之後，克羅姆等人道過謝就踩上魔法陣消失了。
山頂上又只剩她們倆。
「真的沒關係吧？」
「嗯……如果在這裡打起來用掉技能，傳送以後遇到戰鬥卻沒得用就慘了……再說我也不想跟朋友打。」
「嗯！不會後悔就好啦……不曉得他們是不是已經在戰鬥了。」
莎莉看著失去光芒的魔法陣說。
「說不定喔。」
「現在呢？下山嗎？還是說他們搞不好會打輸……而且我們技能都還留著，就先等等看？」
就在莎莉如此提議時——
魔法陣再度恢復光芒。
表示又能進入了。
「「咦！」」
兩個人都嚇了一跳。

克羅姆幾個進去還不到一分鐘呢。

快得意想不到。

「怎、怎麼啦？」

莎莉輕聲對疑惑的梅普露說出自己的想法。

「我想有兩種可能的狀況。一種是傳過去以後可以直接拿銀幣或裝備，所以很快就結束了。而另一種……」

她說到這裡暫時停歇，彷彿不希望是現實般，以極為不快的表情繼續說：

「就是遇到很強的怪物，兩三下就滅團了。」

「這……」

「我看恐怕是……後者。魔法陣還會亮，表示還能挑戰，所以裡面應該不只是裝備……吧。」

所幸目前沒有其他玩家爬上來，可以互相檢視屬性立定戰略再打。

「我這裡的改變有鎧甲因為【破壞成長】變成【ＶＩＴ　＋40】，然後ＨＰ變多了。技能完全沒消耗。」

「我也沒什麼變。【超加速】可以用了，【幻影】也還有剩。」

梅普露

Lv24 HP 40／40〈+160〉 MP 12／12〈+10〉

【STR 0】【VIT 170〈+81〉】

【AGI 0】【DEX 0】

【INT 0】

裝備

頭【空】 身體【黑薔薇甲】

右手【新月：毒龍】 左手【闇夜倒影：暴食】

腿【黑薔薇甲】 足【黑薔薇甲】

飾品【森林女王蜂之戒】

【強韌戒指】

【生命戒指】

技能

【盾擊】【步法】【格擋】【冥想】【嘲諷】
【低階HP強化】【低階MP強化】
【塔盾熟練Ⅳ】【衝鋒掩護Ⅰ】【掩護】
【絕對防禦】【殘虐無道】【以小搏大(Giant Killing)】【毒龍吞噬者(Hydra Eater)】【炸彈吞噬者(Bomb Eater)】

莎莉

Lv19　HP 32／32　MP 25／25〈+35〉
【STR 25〈+20〉】【VIT 0】
【AGI 80〈+68〉】【DEX 25〈+20〉】
【INT 25〈+20〉】

裝備

頭　【水面圍巾：幻影】　身體　【大海風衣：大海】
右手　【深海匕首】　左手　【水底匕首】
腿　【大海衣褲】　足　【黑色長靴】
飾品　【空】
【空】
【空】

技能

【劈斬】【二連斬】【疾風斬】【破防】
【倒地追擊】【猛力攻擊】【替位攻擊】
【火球術】【水球術】【風刃術】
【沙刃術】【闇球術】
【水牆術】【風牆術】【提振術】【治療術】
【異常狀態攻擊Ⅲ】

【低階肌力強化】【低階連擊強化】【體術Ⅰ】
【低階ＭＰ強化】【低階ＭＰ減免】【低階ＭＰ恢復速度強化】【低階抗毒】
【低階採集速度強化】
【匕首熟練Ⅱ】【魔法熟練Ⅱ】
【火魔法Ⅰ】【水魔法Ⅱ】【風魔法Ⅱ】
【土魔法Ⅰ】【闇魔法Ⅰ】【光魔法Ⅱ】
【斷絕氣息Ⅱ】【偵測敵人Ⅱ】【躡步Ⅰ】【跳躍Ⅰ】
【釣魚】【游泳Ⅹ】【潛水Ⅹ】【烹飪Ⅰ】【博而不精】【超加速】

「總之我一進去就直接舉盾，妳躲好。」

「了解。然後呢……」

兩人繼續討論二十分鐘，起身走向魔法陣。

「好！我們上！」

「嗯！」

兩人隨傳送化為白光，消失不見。

第三章　防禦特化與傳送點另一邊

占滿兩人視野的光芒逐漸消失。

同時，梅普露舉起塔盾防備敵人突襲，但她們所擔心的強力攻擊並沒有出現。

不僅如此，連怪物的影子也沒看到。

兩人小心翼翼查看周遭。

這裡是個圓形的寬敞空間。

牆壁布滿閃亮的藍色結晶，頂部開了個大洞。

雪片不斷從洞口飄下。

「克羅姆大哥他們……不在這裡耶。」

「應該是滅團以後傳回原點了吧？可是也太快了……？」

莎莉加倍警戒，搜尋線索。

不久，她發現前方牆上有塊特別突出的大結晶，上面有個鳥巢。

鳥巢的主人似乎不在，寂靜籠罩著這個地方。

「ＯＫ……我知道了，肯定會有鳥型的魔王。【大海】可能沒什麼用了。」

【大海】的效果是在莎莉周圍地面散布會降低【AGI】的水，不太會影響能飛行的敵人。

「怎麼辦？先到鳥巢邊看看嗎？」

「……小心一點喔。恐怕靠近就會跑出來。」

兩人戰戰兢兢，一小步一小步接近鳥巢。

離鳥巢還有五公尺。

這時，空中忽然爆出轟隆巨響，某種東西高速射來。

警戒著敵襲的兩人在千鈞一髮之際向後跳開，躲避了攻擊。

那全是尖銳的冰。

緊接著，有隻翼白如雪的怪鳥急速俯衝而來。

牠眼神凶狠，喙爪銳利，一身強悍氣息降落在房間中。

從一開始就沒有和平相處的選項。

戰鬥開始了。

怪鳥在左右張開魔法陣。

陣中射出大量冰彈，甚至掩蓋了整片視野。

「【掩護】！」

梅普露放下塔盾，站到莎莉面前。

因為拿來擋那些冰彈，【暴食】的次數會瞬間耗光。

「好！不會貫穿！」

梅普露用身體就抵擋、消滅了那些冰彈。

怪鳥似乎比普通怪物更聰明，知道這一招不管用之後將魔法陣合而為一，再度從空中擊出如同之前的冰。

威力加強，但間隙變大了。

莎莉認為這是個機會，竄向前去。

「梅普露！」

「【衝鋒掩護】！」

梅普露強行追上莎莉，與怪鳥距離拉到三公尺。

在只差一步時，怪鳥忽然發出刺耳尖叫。

剎那間，白色的魔法陣擴散到整個房間的地面。

「糟糕……！」

轟聲之中，魔法陣刺出大量極粗冰錐，且長達一公尺，填滿了整個地面。

就只有梅普露周圍除外。

紛飛的雪煙中，梅普露舉回壓向地面的塔盾。

「…………得救了！幹得好啊，梅普露！」

「【暴食】還剩六次！」

「ＯＫ～！」

莎莉以冰錐當立足點，跳躍著接近怪鳥。

這是因為地面狀況惡劣，途中不能停下的緣故。

怪鳥企圖用腳爪抓住她，速度也不遑多讓。

「【超加速】！」

但急劇的加速使怪鳥的反應出現片刻停頓，而那在變化得目不暇給的戰況中，是個致命的失誤。

「【衝鋒掩護】！」

梅普露瞬時縮短距離揮出塔盾，將襲向莎莉的鳥爪連腿都一起吞噬了。

怪鳥又痛又怒地嘶鳴。

可是這樣的行為只會加大破綻。

「【毒龍】！」

三頭毒龍往怪鳥直撲而去，要將牠淹沒。

梅普露在毒液雨霧所融化的冰上著地，莎莉稍微退開，觀察情況。

怪鳥發出強勁冷風，逐漸凍結包覆牠的毒液。

最後啪唧一聲脆響，毒液爆裂成碎片，閃亮亮地灑下來。

「血條只扣一成？」

「騙人……！」

兩人都想盡可能保留梅普露的技能次數，所以這樣的血量實在超乎想像。

錯愕當中，突出地面的冰刺紛紛斷裂，聚集到怪鳥周圍。

轉瞬後，全如砲彈般射出。

「【衝鋒掩護】！【衝鋒】！」

梅普露衝到莎莉身前，放下塔盾用身體硬擋可怕的冰彈。

身上接連跳出紅色特效。

「唔……！會貫穿！【冥想】！」

【衝鋒掩護】有受兩倍傷害的代價。每一擊都大口削掉梅普露一成的血條。

「【治療術】！」

遭遇無可奈何的貫穿攻擊時，她們採取的戰術是梅普露用【冥想】恢復ＨＰ，莎莉在她背後反覆用【治療術】補血。

這是在撐到出現空檔之前，兩人所能做的最佳防禦手段。

就這麼撐了二十秒。

冰彈風暴終於止息，留下大片殘破的地面。

「開始囉！」

「嗯！」

兩人往相反方向跑開。

怪鳥選擇了莎莉，朝她急速猛衝。

「專心！」

莎莉大喝一聲自我提振，凝視怪鳥。

怪鳥在突擊當中射出冰彈。

但或許也因為是在突擊當中，冰彈的間隙大多了。

在萬全狀態下的莎莉可以輕易閃避。

「【跳躍】！」

莎莉看準怪鳥的衝撞範圍，貼身交錯。

「【劈斬】！」

同時不忘使用【異常狀態攻擊】，在匕首上布滿麻痺毒再砍。

麻痺毒累積得多了以後，說不定能造成致命破綻。

儘管ＨＰ的減少量少得看不太出來，但還是有減少。

怪鳥轉過身，張開雙翼大力鼓動。

從地上捲起的冰彈，伴隨暴風不規則地襲來。

莎莉以側向跳躍脫離暴風範圍。

「【毒龍】！」

梅普露抓緊莎莉脫離暴風的瞬間，朝怪鳥釋出毒龍。

剛揮出翅膀的怪鳥，無法即時應對梅普露在萬全狀態下的攻擊。

毒龍的三個頭之一擊中了牠的軀體。

「【風刃術】！【火球術】！」

一有機會，莎莉也加入攻擊。必須盡可能給予傷害才行。

怪鳥再次凍結身上毒液，全部抖落。

牠似乎發現毒龍是個威脅，往梅普露飛去。

由於冰彈對她無效，這樣的攻擊不成問題。

怪鳥一路衝到躲也不躲的梅普露面前。

腳爪為撕裂她而揮舞。

梅普露也掃出塔盾，要吞噬怪鳥的身體。

怪鳥身上跳出大片傷害特效，急忙後仰。

梅普露沒有放過追擊的機會，再次掃出塔盾。

而她身上也跳出小小的傷害特效。

怪鳥沒有使用貫穿技能，面對梅普露高達一千的【VIT】，只能造成少許傷害。

哪一方犧牲較大，任誰都是一目瞭然。

怪鳥頭上的血條，已經減少到約七成了。

「【跳躍】！」

莎莉見機不可失，趁怪鳥被梅普露打得踉蹌時跳上牠的背。

「【大海】！」

海水以怪鳥的背為中心大量湧出。

瞬時纏附在怪鳥全身。

當牠氣得大叫並開始掙扎時，莎莉早已退得遠遠的了。

怪鳥速度有明顯下降。

「【毒龍】！」

速度變慢的怪鳥沒機會躲開發自極近距離的攻擊。

血條進一步下降。

「【二連斬】！【火球術】！」

梅普露上前攻擊，削減怪鳥血量。

莎莉以打帶跑的方式累積麻痺毒，等待機會。

這當中，梅普露的塔盾再度狠咬怪鳥一口。

雖然怪鳥的爪子也把梅普露的ＨＰ削到剩下一半，但仍不致命。

在怪鳥的ＨＰ掉至過半的同時。

牠拉開雙方間距，腳爪深深刺入地面。

且嘴巴大幅張開，布展比梅普露她們大上兩倍的魔法陣。

兩人下意識地察覺危險就要來臨。

「【衝鋒掩護】！【掩護】！」

就在梅普露大喊後。

銀白光束填滿了兩人的視野。

◆□◆□◆□◆

幾秒後，銀白光芒逐漸淡去。

被光束削得坑坑疤疤的地面，道盡了那一擊的威力。

而梅普露站在殘破地面上，架持著塔盾。
她堅強的防守，讓莎莉逃過了致命的光束。
莎莉馬上用【治療術】替她補血。
並且躲在梅普露背後喝藥水補充ＭＰ。
「【暴食】只剩一次喔。」
「嗯，我知道。」
梅普露不得不消耗【暴食】抵擋那些光束。
雖然存活下來，卻以犧牲寶貴的削血手段為代價。
戰況更加吃緊。
「要是牠又噴光，妳就全力用【衝鋒掩護】，不要離我太遠。」
莎莉快速這麼說完就朝怪鳥奔去。
梅普露也緊追著接近怪鳥。
準備趁怪鳥的注意力被莎莉引走時擊出【毒龍】。

怪鳥粗暴地從地面抽出腳爪，輕盈飛上空中射出冰彈。
目標是莎莉。
莎莉也很清楚自己的狀況。

這些梅普露擋得不痛不癢的冰彈，光是擦過她就完蛋了。

所以她像對戰巨魚那樣，將精神集中到極限。

在冰彈逐漸變慢的感覺中，她開始看清那些微的間隙。

莎莉扭身閃避。

時而蹲下，時而躍起，時而以武器擊落冰彈，逼至怪鳥胸前。

「【二連斬】！」

閃避冰彈與腳爪之餘，莎莉也不忘穿插攻擊技能刺傷怪鳥。

為取莎莉性命而逼來的腳爪，全被她以毫釐之差閃過。

怪鳥愈是出腳攻擊，腳上的傷痕就愈多。

「【劈斬】！」

莎莉不停給予小傷。

持續累積的麻痺毒，終於箝制了怪鳥的肢體。

「【毒龍】！」

梅普露不可能放過莎莉拚命製造的機會。

麻痺的怪鳥動作緩慢，無法避開毒龍。

為了讓梅普露的大招確實命中，莎莉全力支援。

而梅普露也沒有辜負她的努力。

怪鳥的血條只剩四成多一點了。

「【毒刃術】！」

梅普露繼續攻擊。刀尖魔法陣擊出的毒刃雖比不上【毒龍】，仍能造成相當傷害。

莎莉也不停擊出魔法，趁這段時間盡可能製造傷害。

當ＨＰ低過四成時，麻痺終於解除，怪鳥重獲自由。

牠將目標定為梅普露，擊出暴風與冰彈的彈幕攻擊。

這攻擊對梅普露不具效果，她便放下塔盾，保留寶貴的【暴食】。

冰彈攻擊梅普露的期間，可說是給了莎莉安全攻擊的機會。

莎莉又是一次連擊，將ＨＰ削到三成半。

然而，重火力輸出會劇烈消耗莎莉的ＭＰ。

若不小心控管，在大好機會到來時反而無法全力攻擊。

當ＨＰ降到三成半的那一刻。

怪鳥停止暴風攻擊，飛上空中。

梅普露和莎莉同時有不好的預感，聚到房中央嚴陣以待。

在雪花飄散的空中，甚至能吞噬黑暗的漆黑在怪鳥潔白閃耀的羽翼擴散開來。

同時其ＨＰ逐漸減少，到剩下一成才停止。

最後怪鳥發出震撼空氣的尖嘯。

「來囉！」

「知道了！」

梅普露以用掉最後一次【暴食】的決心架起塔盾，不管來什麼都非要擋下不可。

漆黑怪鳥忽一收翼，俯衝而來。

以甚至將聲音甩在背後的速度撞擊塔盾。

雖然最後的【暴食】吞噬了怪鳥剩餘的一半血條，保護梅普露的最強塔盾也失去了效用。

怪鳥的利爪高速襲向梅普露。

抓碎她架持的塔盾。

鎧甲也四分五裂。

還把梅普露的ＨＰ打到不到一成。

大量失血使梅普露呻吟時，怪鳥口中湧出黑色光芒。

「唔、啊……」

「梅普露！」

莎莉跳了起來。

對梅普露來說，這場戰鬥最關鍵的一刻就是莎莉在這時沒有停止思考吧。

「【衝鋒掩護】！」

梅普露使盡力氣大叫而高速移動到莎莉身旁，驚險躲過緊接而來的光束。

怪鳥繼續衝上來追擊。

那蠻橫且誇張的速度，連莎莉的預測都趕不上。

在怪鳥狠撞莎莉的前一刻——

「【掩護】！」

梅普露擋到莎莉與怪鳥之間。

即使血條剩下僅僅一成，梅普露仍為保護莎莉而做出這個可能會是最後一次行動的決定。

她沒有多想，就只是下意識地有這個念頭，身體自然而然就動作了。

怪鳥的利爪擊碎了經過【破壞成長】而變得更堅韌的塔盾與鎧甲，也劃過梅普露的身體。

一大片傷害特效濺散開來。

然而梅普露還是沒倒下。

血條只剩下一絲絲的她，渾身纏繞白色特效站了起來。

「【跳躍】！」

莎莉明白怪鳥揮出腳爪的瞬間是最後的機會，暫停思考任何關於梅普露為何能撐過那次攻擊的問題，躍向怪鳥。

梅普露也高速跟上。

手上短刀的紫色魔法陣開始閃耀。

怪鳥的姿勢在腳爪揮到最底時變得歪斜，避不了這一擊。

莎莉感到勝利已經握在手中。

然而，當怪鳥眼睛發出的怪異光芒，與出現在兩人中間的漆黑魔法陣，使她明白那不過是假象。

兩人表情顯現混雜焦慮與驚愕的表情，但人在空中的她們無法脫身。

漆黑的魔彈搶在毒龍之前擊出了。

怪鳥最後的絕招在行進當中吞噬了她們。

兩人的身影雲煙似的消失了。

沒錯，彷彿——

彷彿幻夢一場。

「我藏的招滋味怎麼樣？」

緊接在魔彈飛去後，空間忽而晃動，莎莉從中現身。

最後的最後。

莎莉使出了為了這一刻而保留至今的【幻影】。

第一次見到這招的怪鳥，無法看破她製造的假象。

「【衝鋒掩護】！」

真正的梅普露衝到莎莉面前。

給予不給怪鳥時間閃躲的零距離攻擊。

「【毒龍】！」

怪鳥就此遭毒龍吞噬。

發出長長的慘叫。

那巨大的身軀終於倒下。

全身散發耀眼白光，彷彿在祝福她們。

「成功了……我們贏了……」

「好累……想睡覺……」

兩人倒在一片狼藉的大房間裡嘟噥。

「對了，妳剛剛那是什麼技能？撐過最後一次攻擊那個。」

「等一下喔……那叫做【不屈衛士】，塔盾專用的技能，條件是在HP低於一成時掩護隊友。不管中了再大的攻擊，HP都會剩下1，一天只有一次。」

「喔，這樣啊，原來是這種技能……我大概只有升級吧……妳說妳現在HP只有1喔！【治療術】！」

溫暖的光芒籠罩梅普露，恢復HP。

這樣就不會碰一下就死了吧。

兩人爬起來開始探索。

「怪鳥在毒海裡，交給妳找囉。」

「那妳呢？」

「我去看鳥巢。」

兩人分頭調查。

由於沒有寶箱，打倒強怪的獎勵應該就放在某處。

梅普露啪刷啪刷地踏過毒海，往怪鳥消失的位置走。

「啊！有掉材料！」

地上有四個足以刺穿梅普露的巨大黑色鉤爪，和三根潔白的羽毛。

應該全都是最高等的材料。

「梅普露！過來一下！」

莎莉從大鳥巢裡喊叫。

梅普露噠噠達地跑到鳥巢下面問：

「需要到上面去嗎？」

「嗯！用【衝鋒掩護】上來！」

「ＯＫ～！【衝鋒掩護】！」

梅普露踏牆一躍，來到莎莉身邊，見到的是兩顆蛋和五枚銀幣。

「這是……怪鳥的蛋？」

「不是吧，大小和顏色都不一樣……搞不好是從其他地方撿來的……不曉得是什麼東西的蛋。」

「可以帶走嗎？」

「可以，它有問我要不要放進道具欄……妳要哪個？」

「讓我先挑嗎？」

「對呀～！選喜歡的收起來吧。」

一個是深綠色的蛋，一個是淡紫色的蛋。

「那……我喜歡綠色，選這個！」

「那我就這個囉。」

兩人跟著檢視蛋的資訊。

【怪物的蛋】

給予溫暖就會孵化。

「說明好少喔。」

「我也覺得。如果只是孵出一般怪物就太爛了……說不定可以當寵物養……」

遊戲職業沒有召喚師或馴獸師一類，似乎不太可能。但考慮到怪鳥的攻略難度，多半是種特別的獎品。

於是兩人決定先把蛋帶走再說。

材料部分，梅普露為答謝莎莉讓她先選蛋，所以羽毛是自己一根，莎莉兩根，鉤爪則是兩兩平分。

接著兩人離開鳥巢，往原本魔法陣的方向走。

「魔法陣有三個耶。」

梅普露說得沒錯，那裡出現三個魔法陣。

當作各傳去不同地點應該不會錯。

「莎莉，要踩哪個？」

「【暴食】都用完了，希望能去不太會戰鬥的地方……」

莎莉苦思著來回踱步，最後停在一個魔法陣前。

「就這個！」

「ＯＫ～！那我們走吧！」

兩人踏入魔法陣，化成光而消失。
只留下述說戰況之激烈的狼藉空間。

閒話　防禦特化與官方

在時間加速的遊戲中，有個玩家無法進入的空間。

負責營運遊戲的人們，在那裡控管各項事件，避免錯誤發生。

突然間，空間裡爆出一聲慘叫。

「啊啊啊啊啊啊啊啊！【銀翼】被幹掉了！」

叫的是一名男子。

這一叫引來房裡所有人的關切。

「啊？【銀翼】？那不是設定成根本打不贏嗎？」

「對啊，放了一堆殺傷力特高的技能，血多魔多，屬性又特別高，滿滿是我們的惡意耶。」

「誰？誰幹掉的？」

「我把畫面調出來……」

男子操作電腦，將影像送到其中一面螢幕上。
畫面中有隻白翼閃耀的怪鳥。
挑戰牠的，是黑甲少女和藍衣少女的雙人搭檔。
「梅普露！真的假的！喂喂喂，她不可能打贏【銀翼】吧！」
「她哪有那個機動力啊！打贏【地龍】還能理解……」
在左一聲不可能、右一聲不可能當中，戰鬥開始了。

「冰彈嘛……也就這樣吧。」
「她的防禦力還是很誇張。」
房裡所有人都在控管事件之餘查看戰況。
過了一會兒，問題場面來了。

「問題在她身上！這個穿藍外套的變成梅普露的機動力了！」
畫面中是以【衝鋒掩護】高速移動的梅普露。
所有人似乎都沒想到有這種事。
全都忘我地盯著畫面看。

「……她叫【莎莉】，屬性側重【ＡＧＩ】，技能拿很多但沒有深練，強力技能只有【幻影】和【大海】而已。」

一名男子調出莎莉的資料，以此為參考。

「還滿普通的嘛。喔不，跟梅普露比起來，不管是誰都很普通吧。」

「真的。」

在不禁苦笑的所有人面前。

莎莉開始展露她的異常之處。

「……我收回前言，她也很可怕。說不定比梅普露還誇張。」

「她應該沒有預知類的技能吧？」

「對、對啊，完全沒有。」

畫面中，莎莉以不似人類的閃躲能力避開銀翼的攻擊。

彷彿真的能預知未來的動作，使房裡驚呼連連。

「她到底是怎麼躲的？」

「就連時間暫停也很難鑽過去吧，扯耶。」

就這樣，房裡所有人都目瞪口呆地看完整段戰況。

最後，一人赫然回神地問：

「糟糕！所以【幻獸的蛋】被她們拿走了嗎！」

「裡面裝什麼？」

「狐狸和烏龜。嗯……還算好的吧。」

「烏跟狼呢？」

「在【海皇】那。那些只會在那裡出……嗯，那邊應該是沒問題吧……」

「直接硬上的話，再怎樣也打不贏吧……」

一人這麼說之後就無力地癱在椅背上。

「啊……太扯了。都調弱了還這樣，太扯了……」

「喂，有空的人把金幣技能表再檢查一遍！看有沒有技能可以配出怪招！」

「「知道了！」」

「…………受不了，乾脆把她們當作最終魔王好了……」

「嗯……就是說啊。」

聲音裡有著濃濃的疲憊。

當然，梅普露和莎莉不會知道這裡發生的任何事。

第四章　防禦特化與深夜探索

兩人從魔法陣中現身。

即使沒了【暴食】，梅普露仍舉著塔盾慎防偷襲。

「好像……安全？」

兩人查看周遭。

四周是一大片廢墟，有許多建築物崩塌的殘跡。

從山地的位置來看，這裡應該和起點是相反位置。

「總之，我們是選到一個不錯的點了吧。」

「可是這裡還可能有其他人在探索喔。」

「才第二天……藏銀幣的地方應該大部分都還沒找出來……這裡在傳點旁邊，大概什麼也沒有吧。」

官方應該不會讓人一傳過來就看到銀幣才對。

於是兩人決定一邊找安全點一邊探索，繞著廢墟走。

「……有三個玩家，怎麼辦？」

「實在不想跟玩家打耶……現在沒有【暴食】……輸了就慘了。」

「那好吧，我們走這邊。」

兩人離開廢墟，悄悄進入森林。

遇見的怪物都是蜘蛛和貓頭鷹。

對戰怪鳥之後，不管遇到什麼怪物，感覺都很雜碎。

動作慢，攻擊力低，血又少。

「輕輕鬆鬆。」

深入森林之餘，也得找個可以安全過夜的地方。爬山花了很長一段時間，天就快黑了。

兩人就這麼到處搜尋，不時打倒來犯的怪物。

「唔……什麼也沒有耶。」

如梅普露所言，四周就只是大片森林，沒有特別的建築物或洞穴。

「先找一棵比較高的樹爬上去看看好了。總比待在地上好吧。」

莎莉挑了個樹枝位置特別高的樹，用【跳躍】跳上去。

「【衝鋒掩護】！」

梅普露也跟著來到樹枝上。

低處沒有樹枝，表示玩家不會隨隨便便就爬上來。

兩人倚著樹幹稍喘口氣。

一坐下來，對戰怪鳥所造成的疲倦就布滿全身。

「莎莉……【暴食】過十二點就會恢復了，怎麼樣？」

梅普露是問要不要先休息到十二點，在夜間探索。

因為這裡也很可能像樹海那樣，有特定時段才會觸發的事件。

兩人的目標是二十枚銀幣。

為此，她們必須盡量嘗試各種可能，搜尋所有能搜的地方。

而且動作還要比其他玩家快。

不能混到活動尾聲才急著想找。

「妳願意就好哇。」

「嗯，那……我們十二點以後再繼續探索吧！」

兩人決定先利用時間點升級的點數。

「我想想……點ＡＧＩ跟ＳＴＲ吧。」

「全部點ＶＩＴ！」

梅普露

Lv26 HP 40／40〈+160〉 MP 12／12〈+10〉

【STR 0】【VIT 175〈+141〉】

【AGI 0】【DEX 0】

【INT 0】

裝備

頭 【空】 身體 【黑薔薇甲】

右手 【新月：毒龍】 左手 【闇夜倒影：暴食】

腿 【黑薔薇甲】 足 【黑薔薇甲】

飾品 【森林女王蜂之戒】

【強韌戒指】

【生命戒指】

技能

【盾擊】【步法】【格擋】【冥想】【嘲諷】
【低階HP強化】【低階MP強化】
【塔盾熟練Ⅳ】【衝鋒掩護Ⅰ】【掩護】
【絕對防禦】【殘虐無道】【以小搏大（Giant Killing）】【毒龍吞噬者（Hydra Eater）】【炸彈吞噬者（Bomb Eater）】
【不屈衛士】

莎莉

Lv21　HP　32／32　MP　25／25〈+35〉
【STR　30〈+20〉】【VIT　0】
【AGI　85〈+68〉】【DEX　25〈+20〉】
【INT　25〈+20〉】

裝備

頭 【水面圍巾：幻影】 身體 【大海風衣：大海】
右手 【深海匕首】 左手 【水底匕首】
腿 【大海衣褲】 足 【黑色長靴】
飾品 【空】
【空】
【空】

技能

【劈斬】【二連斬】【疾風斬】【破防】
【倒地追擊】【猛力攻擊】【替位攻擊】
【火球術】【水球術】【風刃術】
【沙刃術】【闇球術】
【水牆術】【風牆術】【提振術】【治療術】
【異常狀態攻擊Ⅲ】

【低階肌力強化】【低階連擊強化】【體術Ⅰ】
【低階MP強化】【低階MP減免】【低階MP恢復速度強化】【低階抗毒】
【低階採集速度強化】
【匕首熟練Ⅱ】【魔法熟練Ⅱ】
【火魔法Ⅰ】【水魔法Ⅱ】【風魔法Ⅱ】
【土魔法Ⅰ】【闇魔法Ⅰ】【光魔法Ⅱ】
【斷絕氣息Ⅱ】【偵測敵人Ⅱ】【躡步Ⅰ】【跳躍Ⅰ】
【釣魚】【游泳Ⅹ】【潛水Ⅹ】【烹飪Ⅰ】【博而不精】【超加速】

梅普露的屬性經過【VIT　+5】和【破壞成長】，結算後多了六十。

技能則是多了【不屈衛士】。

莎莉的屬性是【AGI　+5】和【STR　+5】

看完屬性，梅普露吃起莎莉給的食物。

在十二點之前，得讓身體好好休息才行。

◆□◆□◆□◆□◆

到了怪物動靜也消失了的深夜，兩人爬下大樹。

【暴食】完全恢復，狀態萬無一失。

梅普露換上白雪以免浪費。

「要找森林還是廢墟呀？」

「嗯……森林！廢墟說不定已經被剛才那些玩家搜刮完了。」

「嗯，那就森林。」

兩人往森林深處大步前進。

路上不時有貓頭鷹安靜無聲地偷襲，憑莎莉的迴避力可以輕鬆躲過，梅普露根本就無視於那種傷害。

兩人就這麼在森林裡漫步了一個小時半。

「莎莉呀，那邊……是不是在發亮？」

莎莉往梅普露說的方向凝目望去。

果然沒錯，前方有點細微的光。

「說不定是玩家……小心一點。」

「知道了。」

兩人屏住氣息慢慢接近。

「這是……」

「……竹子？」

那裡是一片竹林。

其中一根的竹節在微微發亮。

「怎、怎麼辦……？要切開看看嗎？」

梅普露對莎莉問。

「要是有人跑出來，好像會很難處理耶……」

竹節發亮的竹子。

無論是誰都會想到竹林公主吧，而莎莉正是如此。

「可是……說不定會有銀幣耶……不是說有的銀幣可以直接找到嗎？」

兩人討論片刻，最後決定切開。

莎莉匕首一揮。

竹子俐落地斷開，光芒倍增。

莎莉擔心的事沒有發生，裡面是一枚閃亮亮的銀幣。

「好耶！沒有遇到麻煩就拿到銀幣了！」

「好！這樣就十二枚了！」

然而兩人高興得太早，並不是沒有麻煩。

周圍草叢沙沙作響，長了長角的兔子陸陸續續蹦出來。

「會是月兔嗎？」

「搞不好……那些角說不定會穿甲，小心一點。」

「收到！」

兩人進入戰鬥狀態。

與剛進入遊戲世界時相比，梅普露已經十足有玩家的樣子了。

只有屬性除外。

比起怪鳥，兔子實在是可愛的小動物。

兩人開始對付在眼前跳來跳去的兔子。

戰鬥結束時，原本是竹林的地方已經變成毒海，直挺挺的竹子被砍得東倒西歪，好不悽慘。

這一隻隻兔子實力都不怎麼樣，可是數量多得嚇人。

「這、這也太多了吧……」

「一百隻？……還是兩百？好累……」

這竹林對兔子而言就像自家院子一樣。想打倒這些亂竄的兔子實在是件苦差事。

「我們找棵樹上去休息吧……」

「嗯……贊成。」

為了一枚銀幣，竟然累成這樣。

活動第三天才剛開始呢。

◆□◆□◆□◆□◆

兩人在樹上輪流睡覺，到日出時分才下來。

這裡是森林很深的位置，要尋找下個探索地點很不容易。

「梅普露，妳想往哪邊走。」

「我……想要直直向前走，突破森林！」

「好！那就這樣吧！」

兩人就此往廢墟的相反方向橫越森林。

大約走了三十分鐘，莎莉對梅普露耳語：

「梅普露，有玩家躲在我們右後方的草叢裡，想偷襲我們。」

莎莉沒有用【偵測敵人】，是憑藉草叢和盔甲的聲響來感知怪物或玩家的位置。

為了不打草驚蛇，兩人邊走邊小聲說：

「他們應該不強……想等我們露出破綻。」

「總之先抓起來看看？」

「可以嗎？」

「嗯。」

梅普露簡單回答，將新月稍微抽出刀鞘幾公分。

「【麻痺尖嘯】！」

鏗……清澄的收刀聲在寧靜的森林中迴盪。

背後草叢傳來呻吟似的聲響。

「怎麼樣？」

「完美。果然厲害！」

兩人一起接近疑似有玩家躲藏的草叢。

有兩個玩家遭到強力麻痺，癱在地上。

「做好被我們反殺的準備以後歡迎下次再來喔！」

莎莉俐落地宰了這兩個玩家。

沒掉銀幣。

「動梅普露的歪腦筋也實在太亂來了一點……是我就絕對不敢……」

截至目前，她們總共遭遇了四次玩家，發生兩次戰鬥。

所幸對方都不怎麼樣，沒有大礙。唯一可能是強敵的克羅姆幾個沒有和她們交戰，在與玩家對打時還沒有陷入苦戰過。

「算進今天的話，還有五天時間……說不定會遇到很強的玩家喔。」

單純用兩天就遇到四次來計算，還會遇到十次。

這其中說不定會出現前次活動前十名的玩家。

神經若不繃緊一點，哪時中了埋伏也不奇怪。

沒錯。因為那些人也有同樣水準的實力。

再往森林另一端挺進一小時後。

陽光開始從枝葉縫隙探入森林了。

同時，兩人也終於見到森林外的景色。

「喔……」

「好棒喔……」

出現在兩人面前的，是一座溪谷。

她們正好來到最高的懸崖上。

谷裡綠意盎然，還有陣陣鳥鳴。

谷底瀰漫著濃霧，看不清全貌。

若要探索這座溪谷，得先設法下去才行。

「不曉得有沒有人在這裡找銀幣。」

「不知道……既然這麼大，應該會有漏掉的地方。」

如梅普露所言，這座溪谷相當大。

兩人所在的懸崖，少說有一百公尺高。

而且谷幅也很寬。

看起來也是少說一百公尺。

「也對。那就先找地方下去吧。」

莎莉從眼前的懸崖開始尋找立足點，慢慢往下爬。

「嗯……沒有梅普露可以站的地方耶……」

【衝鋒掩護】作用範圍有限，梅普露的【ＳＴＲ】不足以抓住岩壁，也不能像莎莉那樣藉【ＡＧＩ】的調整身輕如燕地往下跳。由於屬性極度往一項偏的梅普露無法自力下崖，莎莉才會像這樣尋找離崖邊近的突起處，但看樣子沒那種地方。

其實莎莉也在猜，說不定憑梅普露的防禦力，直接跳崖都能把傷害完全彈開。但她也不敢保證一定沒事，不敢要梅普露輕易嘗試。

「嗯……總之找到可以站的地方就打個信號給我吧！要是沒有，直接到最下面也沒關係喔！」

梅普露似乎在查看時間，看著藍色面板說。

「咦？……知、知道了。」

莎莉輕巧地飛身往下，一路上都沒見到梅普露能踩的地方。

大約花了兩小時，莎莉才總算降到地面。

「結果還是下到最底了……再傳一次訊息給梅普露吧……」

莎莉在下降的過程中，不時會回報現在位置。

這次則是報告她已經來到地面。

不消一分鐘，梅普露回覆了。

『妳稍微退開一點！』

「她、她要做什麼啊……」

莎莉回答「收到」以後就按照指示稍微退開，跳到樹上等待梅普露下一步行動。

「哇……那是什麼……」

抬頭一看，只見崖邊出現一個直徑恐怕有十公尺的紫色球體。

而球體在莎莉注視之下——

慢慢向前滾，墜落懸崖。

球體一邊將與其撞擊的崖壁無情地融化變形，一邊慢慢變小掉下來。

到達地面時，墜落的撞擊擠散了球體一部分，紫色黏液四面八方地飛濺。

「好、好暈喔……」

梅普露從爛糊糊的球體中央搖搖晃晃地爬出來。

莎莉跳下樹，接近梅普露。

不過她周圍都是毒液，不敢靠得太近。

「喂，那是什麼？」

「這個啊……叫做【毒液囊】……可以把目標關進毒液做成的球裡……讓他出不來。」

既然可以關人，難怪韌性不小。

梅普露轉得很暈，講話顯得有氣無力，不過莎莉至少了解到那不是這項技能原來的用法。

「如果沒有【毒免疫】，ＨＰ就會慢慢地扣，妳用的時候要小心喔？」

「呃，我不會用啦。」

等梅普露漸漸恢復精神到可以正常走路以後，兩人往谷底出發。

地面斜度依然很高，到處都是大落差。在濃霧遮擋視線的狀況下，這樣的落差非常危險。

「完全看不見前面……」

「照這樣看來……搞不好有銀幣掉在旁邊都不知道。要小心偷襲跟落差喔。」

「嗯！知道了！」

不過應該沒有落差高到能摔傷梅普露的ＨＰ吧。

所以，要小心突然出現在眼前的懸崖。

兩人在能見度只有幾公尺的濃霧中謹慎前進。

「嗯～？有水聲……？」

「咦……真的耶！附近有泉水嗎？」

兩人往水聲方向走。

中途飛來的蝙蝠型怪物，說真的都很廢。

這一帶的怪物等級似乎不高。

「找到了！」

眼前出現一條小溪。

清澈的溪水流過些許落差，聲音便是因此而來。

「妳看那邊！」

梅普露所指之處的岩壁上有道裂縫，向內形成洞穴，不容易辨識。

兩人進去看看是不是地城，然而洞穴不深，也沒有怪物的蹤跡，就只是個較大的裂縫。

「……我們就把這裡當營地吧。探索這座溪谷好像很花時間。」

雖然只是普通的裂縫，當臨時據點卻是綽綽有餘。至少比睡在樹上好多了。

「嗯，贊成！還有……我想看一下蛋怎麼樣了。」

「啊，對喔。好像要持續保溫嘛。」

兩人決定在洞窟紮營後稍作休息。

同時查看蛋的情況。

第五章　防禦特化與溪谷探索

「現在，就先拿蛋出來吧。」

莎莉坐在岩壁裂縫中這麼說，並從道具欄取出蛋。

「如果不收起來的話，蛋會不會自己不見啊？」

梅普露對莎莉問。

裝備或藥水等道具，若移出道具欄外放置不動兩小時，就會自動消失。

「不曉得耶？……為安全起見，至少不到兩小時就要收起來一次吧。」

那可是經過雪山的死鬥才好不容易得來的蛋，想重新取得恐怕非常困難，可不能弄丟。

「嗯，就這樣吧。」

「那我們要怎麼孵？」

「嗯……直接用體溫？」

梅普露卸下鎧甲與塔盾，輕輕捧起深綠色的蛋，抱在懷裡。

「會生出什麼樣的怪物寶寶呀？」

並且等不及見到怪物誕生似的微笑著撫摸蛋殼。

莎莉也模仿梅普露的方式孵蛋。

「重要的是愛！是愛！」

「嗯，說得對。」

兩人一起撫摸自己的蛋，訂定接下來的探索計畫。

「我們就先沿著河邊找吧，這樣要回來也容易。」

霧濃得分不清前後左右，若沒有一個明顯的地標，恐怕很容易迷路。

而在這麼容易遇伏的地形失去可供休息的據點，遲早會緊繃到失去專注力，承受最大的傷害。

或許這裡怪物的攻擊對梅普露而言不痛不癢，對莎莉來說可就不是這麼回事了。莎莉【ＶＩＴ】是0，任何攻擊都很危險。

這樣的危險也會刺激莎莉閃躲得更仔細，也不是全無好處。

但由於她的生命全繫在閃躲上，需要高度的專注力。

那會造成多大的疲勞，他人無法估計。

「ＯＫ～！就沿著河找！」

這次孵了一小時的蛋，可惜沒能孵化。

兩人將蛋收回道具欄，出外探索去也。

莎莉與梅普露鬥志昂揚地開始探索，溯溪而上。

「喔～！」

「好～！繼續找銀幣！」

莎莉說：

「通常在河的源頭都會放一些東西喔。」

梅普露自己若想擺些東西，也會擺在比較有意義的地方，覺得很有道理。

像某些事物的開頭或結尾都很合適。

「好想趕快知道源頭有什麼喔。」

「不是說一定會有東西，不要太期待喔？」

「嗯！我知道！」

溯溪自然是愈走石頭愈多，地形愈來愈難走。

「梅普露，用【衝鋒掩護】爬上來～！」

「收到！【衝鋒掩護】！」

遇到難以攀爬的起伏時，都是莎莉先走，梅普露用【衝鋒掩護】來跨越。

兩人就這麼前進了一個小時。

或許是據點位置本來就偏上游，抵達源頭的時間比想像中短很多。

那裡有一口直徑約三公尺的清池。

池子圓得很美，給她們神祕的第一印象。

濃霧也是營造出這神祕氣氛的一大功臣。

「感覺……好深喔。」

莎莉窺視池水說。

池子不怎麼大，但看起來頗有深度。

「潛下去看看？」

「有一試的價值。同時有【潛水】和【游泳】技能的玩家應該不多……就算來到這裡也會放棄吧。」

很可惜，梅普露不會潛水，只能等莎莉回來了。

「路上小心喔！」

「嗯，馬上回來！」

莎莉跳進池水，一口氣往下潛。

在光也透不進的寧靜深水中下潛再下潛。

潛了整整十分鐘，莎莉才在池底見到一口破舊的寶箱。
她提防著陷阱，小心翼翼地打開。
裡頭擺著一根銀色手杖，杖頭鑲有紅色與藍色寶石。
檢查完有無銀幣之後，莎莉就往水面上浮了。

「呼啊！嘿咻！」
莎莉嘩啦啦地爬出池子。
「怎麼樣？」
「沒銀幣，只有一把法杖。」
「唔……這樣啊……屬性呢？」
「等一下喔……大概是【水魔法強化】和【火魔法強化】吧。要看嗎？」
「嗯！」
莎莉將法杖的屬性展示給梅普露看。

「魔石杖」
【ＩＮＴ　＋10】【ＭＰ　＋10】【水魔法強化】【火魔法強化】

「基本上是不需要吧。我們也不能裝備。」

「說得也是。現在怎麼辦，往哪個方向探險？」

「嗯……那就先回營地，順便看看路上有什麼吧。」

「那就這樣吧。這座溪谷這麼大，還有其他東西也不奇怪嘛。」

兩人一路小心地返回營地。

路上不時在不至於迷路的範圍內探索溪流兩側，然而一無所獲。

兩人就這麼到處翻翻找找地回到了那口裂縫。

「現在呢？往下游走好像也不錯……只是感覺不太好走。」

「說得也是……那今天就專心孵蛋怎麼樣？」

莎莉來回都得在濃霧裡保持最高警戒，又潛了一陣子水，已經相當疲倦，便接受了梅普露的提議。

「蛋蛋蛋……找到了。」

「嘿咻。」

兩人都從道具欄取出蛋，抱著撫摸。

「啊……滑溜溜的好舒服喔……」

莎莉靠著岩壁低聲讚嘆。

猶如上等陶瓷的觸感，也讓梅普露怎麼也摸不膩。

「好難孵喔～」

「還好啦，本來就沒有那麼好孵吧。」

她們就這麼反覆收回道具欄又拿出來給予溫暖，持續了三小時。

一面聊天，一面寶貝地撫摸。

「妳覺得會孵出什麼呀？」

「我的是紫色，妳的綠色嘛……嗯……妳的可能是草食動物，或使某種綠色的動物吧？例如蛇之類的？」

「有綠色的蛇呀？」

「怪物的話很正常吧？再說熱帶地區也應該會有綠色的喔。真的完全不曉得會孵出什麼耶～」

莎莉說得沒錯，既然是遊戲世界，要設定成什麼怪物的蛋都可以。

「希望是可愛型的……」

梅普露腦中浮現各種動物——好多好多可愛動物，但不可愛的也一樣多就是了。

尤其是部分昆蟲，實在是敬謝不敏。

「我的到底會孵出什麼咧？」

莎莉的蛋是紫色的。

梅普露跟著猜想紫色的蛋會孵出的生物。

「紫色……紫色……嗯～？…………毒龍？」

「呃……我實在不太想要毒龍耶……」

要是孵出了毒龍，還需要和牠一起戰鬥，周圍肯定會變成一片毒海。

這樣反而會讓莎莉自己動彈不得。

「毒龍……毒龍啊……可以的話，我想要一隻普通一點的。」

兩人為蛋的內容寄予了各式各樣的想像。

喜歡哪些，討厭哪些，聊得好不開心。注意不弄破蛋之餘，滿懷愛心地孵。

儘管嘴上有好惡之分，兩人心裡都在想，不管孵出什麼怪物都要好好疼愛牠。

或許是蛋也感受到了她們的心意。

兩顆蛋都迸出裂縫了。

「「哇！」」

「怎、怎怎怎麼辦？」

「總、總總總之先擺在地上吧！」

兩人將蛋擺在平坦地面，趴下來注視。

終於，蛋裂開了。

兩隻怪物從中現身。

◆□◆□◆□◆□◆

「喔～！」

「孵出來了～！」

兩人笑得好開心。

深綠色的蛋孵出的，是一隻比蛋本身略小的烏龜。

身體和蛋一樣是深綠色，動作緩慢。

紫色的蛋孵出的，是一隻毛如白雪的狐狸。

白狐為感受四肢動作而伸展了幾次，然後在空中放出幾團紫色的火焰，盯著自己的魔法看。

「喔喔……蛋孵出狐狸呀……真想不到。」

「可能因為是怪物，不用管卵生胎生吧。」

對話當中，烏龜和白狐分別靠近梅普露和莎莉。

兩人也戰戰兢兢地摸摸牠們，牠們跟著舒服地瞇起眼睛。

同時，蛋開始微微發光。

光輝逐漸增強，最後兩顆蛋各變成紫色和綠色的戒指。

兩人伸手撿起來。

「戒指名字叫……『感情的橋樑』……裝備以後可以和部分怪物協力作戰耶！……說不定要永遠戴著它了呢～」

莎莉只有說明戒指最重要的功能，梅普露也用自己的眼睛確定其能力。

「感情的橋樑」

裝備時，能與部分怪物協力作戰。

可協力的怪物，每個戒指僅限一隻。

怪物死亡時，會以休眠狀態返回戒指中，經過一天才能召喚。

不會死掉就從此消失，讓兩人都安了點心。

如果是那樣，就不能隨便叫出來戰鬥了。

「唔……戒指啊。飾品格子都滿了，把『森林女王蜂之戒』換掉吧。【冥想】就能補血了嘛。」

戴上戒指以後，兩隻小寵物開心地磨蹭她們。

「哈哈哈，好癢喔～！」

「嗯……毛茸茸的……」

兩人陪寵物玩了一會兒後，莎莉想到一件事。

「能看牠們的屬性了耶。」

或許是戒指的效果吧，自己的屬性底下多了一欄屬性。

兩人立刻查看內容。

未命名

Lv1 HP 250／250 MP 30／30

【STR 30】【VIT 150】

【AGI 15】【DEX 10】

【INT 20】

技能

【啃咬】

未命名

Lv1 HP 80／80 MP 120／120

【STR 10】【VIT 15】

【AGI 70】【DEX 75】
【INT 90】

技能
【狐火】

前者是烏龜的屬性，後者為白狐。
可能是因為是由蛋孵出的特殊怪物，剛出生就有相當高的屬性。
「未命名的意思……是表示我們要幫牠們取名吧？」
「這樣啊，說得也是。」
兩人慎重其事地替寵物想名字。
苦惱途中，兩隻小寵物開心地玩在一塊。
感情很好的樣子。
「好～我決定了。」
「嗯，我也是！」

兩人一想好名字就來到各自的寵物身邊。

並蹲下來，與牠們四目相接。

「小龜龜，以後你的名字就叫糖漿！唔呼呼……和我合起來就是楓糖漿喔！」

梅普露一副不知道得意什麼的臉。

烏龜似乎很喜歡這名字，又往梅普露蹭。

一人一龜玩得不亦樂乎。

「那……叫你朧怎麼樣？喜歡嗎？」

莎莉徵求白狐意見似的問。

白狐看起來很滿意，輕輕躍上莎莉的肩，繞脖子圍成一圈。

圍巾和白狐裹得她脖子周圍一大團。

在如此溫馨的氣氛中。

梅普露忽然大叫。

她眼前是顯示屬性的藍色畫面。

「奇、奇怪？不、不會吧……」

「嗯？怎麼啦？」

莎莉好奇地過來探頭看畫面。

「咦？啊，不、不要看！」

「嗯……喔，原來是這樣啊……」

莎莉只往畫面看了五秒左右，就明白梅普露在慌張什麼。

梅普露看的是糖漿的屬性，且直盯其中一處，眼尖的莎莉一下子就發現她是哪裡不可告人。

「梅普露……妳的AGI比烏龜還低耶。」

「唔唔！」

糖漿是【AGI 15】，梅普露則是【AGI 0】。

「烏龜也贏梅普露啊……」

「不要說得像龜兔賽跑一樣！要比的話我當然會贏啊！腳長差這麼多！」

「那……要比比看嗎？」

「呃……還、還是不要好了啦～啊哈哈哈……」

要是輸了，說不定會就此一蹶不振。

到時候很可能會放棄只點防禦，開始投資【AGI】。

梅普露的直覺正對她這麼說。

所以沒必要特地去比這種事。

就算笑她這樣完全是逃避，她也不會改變心意。

「屬性會不會是有點參考主人呀？梅普露和糖漿都是防禦特化，朧則是敏捷特別高。」

「說不定喔。」

兩人繼續研究兩隻寵物的屬性。

「不能穿裝備耶……可是好像能升級？」

「升級以後不知道能不能配點，還是屬性自己會升？」

戒指的說明沒有提及這部分資訊，無從知曉。

「總之先升級看看？」

「嗯……要是被打趴就糟了……」

莎莉摸著從脖子爬到頭頂的白狐說。

「那我抓怪物回來給牠們打怎麼樣？」

「應該……還不錯？先這樣升級看看好了。」

梅普露請糖漿留下來等以後，摸摸牠的頭就離開裂縫抓怪物去了。

十分鐘後。

梅普捧著一隻蝙蝠回來。

應是麻痺了吧，蝙蝠無法動彈。

梅普露將蝙蝠放在地上。

「呃……糖漿！【啃咬】！」

「朧！【狐火】！」

糖漿跟著嘶咬蝙蝠的身體。

朧用紫色火團燃燒蝙蝠。

紅色特效照亮裂縫四周，蝙蝠化成光消失不見。

「啊……還沒升級。」

「這邊也是。」

「我想……牠們其實都是強怪的寶寶，所以升級需要的經驗值也比較高吧？」

畢竟等級1的玩家打倒蝙蝠是一定會升級。

「需要多抓一點來嗎？」

「拜託妳了，我沒有能夠抓怪的技能……」

「嗯！所謂適才適用嘛！可是，如果我不在的時候出了狀況，糖漿就麻煩妳照顧囉？」

「我保證會保護到底！」

得到莎莉的保證後，梅普露再度外出。

這次花了二十分鐘才回來。手上總共抱了八隻蝙蝠。

「怎麼說呢，有變成母鳥的感覺。」

「做的事真的跟母鳥差不多呢。」

梅普露將蝙蝠咚咚地丟到地上。

糖漿和朧各打倒四隻，都升上2級了。

糖漿

Lv2 HP 300／300 MP 30／30

【STR 35】【VIT 180】

【AGI 15】【DEX 10】

【INT 20】

技能

【嚙咬】【甲殼防禦】

朧

Lv2 HP 85／85 MP 130／130

【STR 15】【VIT 15】

【AGI 85】【DEX 80】

【INT 95】

技能

【狐火】【火柱】

「屬性好像會自己升耶。」

「好像是。話說，成長幅度好高喔。」

為了養育這兩隻前途看好的小寵物，梅普露又出去打了幾次獵。

然而附近的怪物本來就不多，沒有再升級。

第六章　防禦特化與下游探索

結果，兩人的活動第三天全都花在孵蛋和陪寵物玩上。

時間來到晚上十點，以外出探索而言有點尷尬。

「啊……現在怎辦……要去找銀幣嗎？」

「今天差不多就這樣了吧……」

「我也是這麼想……」

兩人摸著自己的小夥伴，安排明日行程。

「明天就探索下游，然後從我們下來的另一邊爬上去吧。」

「就這樣吧……嗯？爬上去？」

「和下來的時候一樣啊……啊！」

梅普露完全沒考慮到下來以後的問題。

沒錯，她沒有脫離這座溪谷的手段。

「怎、怎怎怎麼辦？」

「………怎麼辦？」

梅普露向莎莉求救，但莎莉也沒有可行的辦法。

「我們明天就一面往下游走，一面找上去的方法吧。總會有辦法的吧。」

原本只打算探索下游，結果因為始料未及的問題浮上檯面，預估的探索時間需要加長不少。

要是仍找不到上去的手段，就等於白費時間，但還是非找不可。

「那我們得早點出發才行了。」

「不能在第四天之內上去就不好了呢。」

兩人決定凌晨四點出發後，就以輪班方式休息了。

◆□◆□◆□◆□◆

「早安。」

「早安。」

梅普露和莎莉互相問早，出發探險。

活動進入第四天，下半場開始了。

手上有銀幣的玩家已經不少了吧。

到處都有玩家之間的戰鬥發生，上演搶與被搶的戲碼。

她們倆也不能置身事外。

必須隨時提高警覺，以備戰鬥。

「有東西嗎？」

「目前什麼也沒有。」

再怎麼注意觀察，兩人也沒有發現疑似地城的構造或魔法陣。

就這麼往下游前進了兩小時半。

路上經過幾次戰鬥，糖漿和朧各升1級，獲得了有趣的技能。

名稱為【休眠】與【甦醒】。

【休眠】是讓寵物回到戒指中，安全恢復體力的技能。

【甦醒】則是從戒指喚出寵物的技能。

目前兩隻寵物都在戒指裡睡覺。

附近霧還是很深，不小心走散就糟了。

又繼續走了三十分鐘。

兩人終於來到溪流的終點。

抵達之前，她們已經隱約有所預感，到了這裡才終於能夠肯定。

「這裡就是霧的來源吧。」

「嗯，不會錯。」

霧變得濃上加濃，梅普露要看清就在身旁的莎莉都很難。

兩人一步步走向溪邊。

忽然間。

一陣強風吹散霧氣，顯現眼前景象。

和源頭同樣是一口池子，不過中央有一個壺。

壺口不斷噴出白霧。這些霧似乎都是它吸收池水所製造的。

「要調查看看那個壺嗎？」

「……也只能這樣吧。」

就在兩人踏進池中的瞬間。

風就像看準了這一刻般說停就停，濃霧又霎時淹沒四周。

「莎莉！妳在嗎！」

梅普露這一喚沒有得到任何反應。

這讓她提高戒心。

「哇！呃！啊啊！」

是莎莉的聲音。

還有鏗鏗鏗的金屬碰撞聲。莎莉聽起來很著急，煽動梅普露的不安。

往聲音來向跑去，結果眼前出現一個黑漆漆的洞穴。

探頭進去，一樣什麼也看不見。

但裡頭確實傳來莎莉的聲音。

「好！殺進去！」

梅普露眼睛一閉就衝進洞裡。

睜眼時，見到的是身上迸出紅色特效的莎莉。

以及——

一名全身披戴白銀盔甲，手持閃耀白銀巨劍的騎士。

「莎莉！」

梅普露錯愕地大叫。

這也難怪。她是第一次見到莎莉受傷。

莎莉也注意到梅普露出現，急忙退到梅普露身邊。

「妳、妳還好嗎？」

「嗯，還撐得住……」

【治療術】的光芒籠罩莎莉全身。

怵目驚心的紅色特效也消失了。

「在我背後躲好！我一定會想辦法擋住他！」

梅普露毅然這麼說之後抽出新月。

刀身浮現紫色魔法陣。

騎士緩緩架定巨劍。

「【毒龍】！」

三頭毒龍撲向騎士。

騎士的劍大力劈下。

劍身頓時沒入毒龍體內，將其一斬為二。

但斬中的只是一個頭。

其餘兩頭仍擊中了騎士。

騎士呻吟一聲，不支跪地。

但他隨即拄起了劍，試圖站起。

然而他終究無法如願。

襤褸的盔甲開始湧現白光。

騎士放棄站立般放開了劍。

化作不遜其白銀盔甲的光之奔流升天而去。

「跟怪鳥比起來根本小菜一碟啦！」

事實上，能斬掉毒龍的一個頭就很驚人了，可惜他沒有足夠的防禦力和ＨＰ。

就這點而言，怪鳥可說是特例吧。

「打贏了！」

「呵呵呵～！我去看有沒有掉銀幣喔？」

戰場照例淹沒在毒海底下。

只能讓梅普露去找。

「至少會有一枚吧？」

梅普露走向怪物消滅的地點。

「【破防】！」

突來的叫喊。

背上的疼痛。

梅普露轉身見到的，是一次又一次往她身上砍的深藍匕首。

以速度見長的貫穿防禦技能，在梅普露腦中一片混亂持續奪去她的ＨＰ。持盾技術尚不成熟的梅普露，無法完全抵擋這般使用間隔短的技能。

「咦？咦？」

「啊哈！啊哈哈、啊哈哈哈哈哈哈哈！」

莎莉詭異地怪笑起來。

「為、為什麼！」

梅普露這才注意到自己的ＨＰ漸漸往下掉。

這樣下去會有危險。

「【麻痺尖嘯】！」

於是使出強力的麻痺狀態攻擊。

梅普露了解到。

眼前的只是具有莎莉形象的某種東西。

絕不是莎莉本身。

因為隊友之間無法造成直接傷害。

「啊哈、啊哈哈哈！」

「沒有用？」

那高過頭的麻痺抗性，更讓梅普露確定眼前人物並非莎莉。

可是她速度和莎莉一樣——不，還要更快。

「還強化了？」

她的身影在陰森怪笑中忽然消失，梅普露身上緊接著迸出紅色特效。

「唔……跟不上！」

即使毒龍和塔盾再讓她自豪，打不中就沒有任何意義。

所幸攻擊力並不高。

就看是梅普露先想到勝戰妙計，還是ＨＰ先被對方砍光了。

◆□◆□◆□◆□◆

梅普露正與冒牌貨苦戰。

莎莉也是如此。

「唔……和梅普露一樣防禦力高得誇張！」

莎莉的匕首在錯身之際劃過對方的身體，但血條絲毫未減。

那絕望的防禦力讓人臉都綠了。

「在我最不想對戰的人排行榜，第二名都看不到她的車尾燈耶……」

「啊哈哈哈哈！【毒龍】！」

具有梅普露形體的怪物放出了毒龍，莎莉跟著躲開。

毒龍速度沒有特別快，要躲並不難。

然而要擊敗那冒牌貨卻是難得不得了。

「看樣子……要累慘了。」

梅普露和莎莉相互之間，各有其信賴之處。

當兩人敵對時，使她們信賴的部分反而十分棘手。

戰勝騎士不過是門檻。

外表和能力與原本信賴的搭檔一模一樣的敵人，現在才要為真正的戰鬥揭開序幕。

◆□◆□◆□◆□◆

「【毒龍】！」

新月釋出毒龍。

但目標不是假莎莉。

毒龍從朝地的刀尖噴湧而出，劈哩啪啦地濺散在梅普露周圍。

若是原本的莎莉，只要踩到其中一灘就會一擊斃命。

想接近站在毒海裡的梅普露，勢必會露出比先前都還要大的破綻。

為躲避毒龍而拉開距離的假莎莉跑過來了。

梅普露仔細觀察她的動作。

然後發現一件事。

假莎莉在接近途中會刻意避開毒液。

「妳沒有【毒免疫】吧。」

梅普露朝使出【跳躍】而來的假莎莉擊出塔盾。

但命中她身體的盾牌沒有感到任何阻力。

「【幻影】？」

假莎莉在破綻百出的梅普露身上猛劃一刀，再以她的身體為踏台使用【跳躍】，直接跳出毒海範圍外。

「【破防】。」

「【毒刃術】！」

梅普露的攻擊也被假莎莉輕鬆閃避，不過這動作讓她覺得有點奇怪。

「對喔……那不可能和莎莉一模一樣嘛。」

假莎莉恐怕比本尊還要快。

閃避能力是同樣地高。

可是那也只是快而已。

沒有莎莉以毫釐之差閃避並同時反擊的技術。

本尊應該能在躲開所有攻擊當中紮實接近。

假莎莉只是依賴速度閃避，沒有達到攻防一體。

「話雖這麼說，可是我還是打不中她……【冥想】。」

梅普露周圍地面不管她怎麼想似的忽然隆起。

好幾根土柱竄出地面，遮擋了視線。

也成了假莎莉寶貴的立足點。

「嗯……魔法也比莎莉強呢。」

「【破防】。」

梅普露往聲音來向舉盾。

就算是【幻影】也無所謂。

ＨＰ還很多。

果不其然，那的確是技能製造的幻影，梅普露背上又中一刀。

轉身揮盾，同樣只掃過空氣。

「沒辦法……只好打持久戰了。」

新月浮現魔法陣。

假莎莉見狀立刻躲遠。

只要距離夠，任何攻擊都打不中她吧。

「好哇，來比誰比較能撐。」

梅普露喃喃地說。

「【毒液囊】。」

隨後，她整個人噗滋噗滋地逐漸沒入直徑約兩公尺的紫色球體中。

「【冥想】。」

被假莎莉削去的ＨＰ逐漸回復。

假莎莉的武器是短小的匕首。

想切開毒囊攻擊裡頭的梅普露，自己也會落得滿身毒液的下場。

而且地面有大片毒海。

梅普露周圍已化作最高度的危險地帶。

妄自接近的一切都會中毒身亡的地獄區域。

假莎莉頂多只有【高階抗毒】，不至於是【毒免疫】。

無法完全抵抗【毒龍】的毒。

「【颶刃術】！」

那是比莎莉本尊技能更高等的【風魔法】。

旋風出現在梅普露周圍，要削去她的毒液屏障。

然而【風魔法】與【毒龍】的層次相差太大。

屏障只有啪刷啪刷地被削去一層皮，無法觸及梅普露。

「【毒液囊】。」

包覆梅普露的毒液囊直徑隨這一聲增為四公尺。

毒牆厚度當然也增加了。

對攻擊次數多但威力低的假莎莉而言，那是絕望的毒液屏障。

「我就慢慢等妳這個假貨用光ＭＰ。」

一旦假莎莉ＭＰ耗盡，攻擊次數這個優勢也會消失。

那肯定只會讓她更難以突破毒牆。

【毒液囊】每次消耗20ＭＰ。

雖然【暴食】有剩，但這裡沒有東西可供轉換為ＭＰ。

所以梅普露已經沒有多餘ＭＰ了。

每天五次不耗ＭＰ的【毒龍】也已經用光，現在只能靜靜等待ＭＰ恢復。

假莎莉沒有休息，不斷用魔法攻擊毒牆。

這樣的畫面持續了很長一段時間。

「【毒液囊】。」

梅普露無情地強化毒牆，推回了假莎莉。

毒液囊變大變厚，直徑增為六公尺。

梅普露的目標只有一個。

「既然一般的攻擊打不到妳……我就只能用毒液囊塞滿整個房間來打倒妳了！」

真的是持久戰。

為抓住勝利，梅普露將假莎莉逼進角落。

在無路可逃的情況下，假莎莉速度再快也沒用。

◆□◆□◆□◆□◆

另一方面，莎莉正苦無進攻對策。

最可怕的就是那壓倒性的防禦力。

再加上一個粗心就會招來死亡的攻擊能力。

「不幸中的大幸是，她比真正的梅普露笨多了……」

假梅普露的攻擊完全是依賴【毒龍】。

而且不像本尊那樣，會依照攻擊強弱來決定是否使用塔盾。

因此，假梅普露的【暴食】很快就用完了。

問題在於【毒龍】。

假梅普露有本尊沒有的技能。

只要發動那個技能，擊出【毒龍】後地上殘留的毒就會全部匯聚到她身上，又能立刻擊出【毒龍】。

也就是沒有冷卻時間的連續強攻。

莎莉原本認為，等到假梅普露用完所有有限次數的技能就能打倒她，沒想到她會有用不完的【毒龍】。

「唉，至少她不會用【麻痺尖嘯】，算好的了吧。」

此刻，莎莉也仍在閃避三頭毒龍之餘思考戰勝假梅普露的對策。

「呃……怎麼辦。沒有有效手段……」

閃躲【毒龍】對莎莉而言很簡單，邊想邊躲也不是問題。

之前用過【破防】攻擊，但已經被她用疑似【冥想】的技能補回來了。

「都剩一些很麻煩的技能耶……」

想著想著，毒龍又襲來了。

莎莉輕巧躲避，繼續思考。

「梅普露是不是也在和假的我戰鬥呀？不曉得打贏了沒？」

莎莉認為梅普露一定想得出辦法。

現在的她幾乎沒有能有效傷害假梅普露的手段，所以冒牌貨應該打不贏真的梅普露。

正因為梅普露的能力救了莎莉好幾次，才使她如此肯定。

「那麼……我就什麼方法都試試看吧。說不定能找到一個突破的方法。」

莎莉下了這樣的心理準備以後，回想自己所有技能立定戰略。

現在的莎莉肯定是沒有勝算。

但成長以後呢？

獲得新技能以後呢？

莎莉無法削減假梅普露的ＨＰ，但對方的行為模式不會變化。

是個只會傻傻連放【毒龍】的簡單敵人。

沒有變化的假梅普露。

還有變化的可能性的莎莉。

莎莉決定把機會賭在自己的可能性上。

「我才不要輸給假梅普露，不然一定會嘔死！先從這個技能開始！」

莎莉帶著一身閃亮特效，向假梅普露發動攻勢。

這邊也是準備打細火慢熬的持久戰。

◆□◆□◆□◆□◆

戰鬥開始至今已過四小時，活動第四天來到中午。

梅普露計畫成功，【毒液囊】已經貼到洞頂了。

這寬敞的窟室，也只剩下四分之一尚未遭毒液囊侵蝕。

「【毒液囊】。」

毒液囊隨著梅普露的聲音變大。

「呼……快好了……」

假莎莉依然毫髮無傷。

但這一點也不重要。

只要毒液囊填滿整個房間，她就會以補血也來不及的速度倒下。

這一戰最大的問題，在於攻擊是否能擊中她。

爾今結果已經分曉。

假莎莉沒有突破這困境的手段。

再過一小時。

「【毒液囊】！」

漫長的戰鬥到此結束。

假莎莉遭毒液囊吞噬，狂噴紅色特效而消失。

梅普露提防【幻影】的可能，沒有因此鬆懈，不過這個被毒液填滿的空間已經沒有假莎莉的立足之地。

更重要的是，假莎莉消失的位置留下了一枚銀幣，表示她已真的戰敗。

於是梅普露終於解除毒液囊。

毒液囊驟然破碎，整間房嘩啦啦地下起毒雨。

與對戰怪鳥不同的疲倦，使梅普露當場癱坐。

「啊…………累死我了。」

「幸好是在房間裡打，如果在外面就贏不了了……」

因為有空間限制，這樣的戰術才會奏效。

若沒有地利的幫助，就不會有這場勝利了吧。

「拿走銀幣以後就上魔法陣吧……莎莉不曉得怎麼了。真的在跟假的我打嗎？」

梅普露拾起落在地上的銀幣。

「她會贏嗎……莎莉要躲我的攻擊應該很簡單，可是……」

梅普露擔心地踩上魔法陣。

光芒淡去後，出現在眼前的是一道螺旋階梯。

抬頭一望，上方有光線照下。

不曉得階梯是連到哪裡。

「莎莉……應該沒有先走吧。」

梅普露決定在這裡等一會兒。

兩人事先說好，假如死了就會傳訊給對方。

既然沒收到莎莉的訊息，可見她沒有回到起點。

那麼有兩種可能，一種是莎莉還在戰鬥，晚點就會傳送過來，另一種是完全分隔兩地。

若是分隔兩地的情況，表示莎莉沒有和假梅普露戰鬥。

可能莎莉還在霧中，只有梅普露和冒牌貨對戰。

不過直覺告訴她，莎莉仍在戰鬥。

「莎莉她一定還在打……對了！糖漿【甦醒】！」

戒指發出光芒，糖漿現身了。

「我們一起在這裡等莎莉，替她集氣吧。」

梅普露就這麼和糖漿原地等待並為她喊了一小時的加油。

忽然間，一股炫光籠罩四周。

梅普露小心地舉起塔盾，查看情況。

「啊……終於贏了……」

炫光淡去，莎莉出現了。

「妳……真的是莎莉嗎？」

莎莉聽見這句話而發覺她的存在，防備起來。

「……我要確定妳是真的假的。」

「好哇？」

梅普露從莎莉的懷疑，得知她也和冒牌貨對戰了。

所以理所當然地答應，讓她檢查。

「妳是小學六年級接種疫苗的時候哇哇大哭被我看見的那個梅普露嗎？」

「妳、妳妳妳妳妳、妳怎麼還記得那種事啊！趕快忘掉啦！」

梅普露想也沒想到莎莉會這樣檢查。

詢問只有本人才會知道的事是很合理。

但內容讓梅普露羞得不得了，躲到塔盾後面去。

莎莉其實是明知梅普露是本尊，故意逗她才這麼說的。

打得很累，讓她想開個玩笑提神。

「呵呵呵……妳是本尊呢。其實我早就知道了啦。」

「……等等，我還沒檢查。」

梅普露以嚴肅眼神凝視莎莉。

「咦……」

在莎莉說話前，梅普露搶先一步開口。

「……妳是都上國中了，結果還被鬼屋嚇到腳軟大哭，被工作人員從逃生門帶出來的那個莎莉沒錯嗎？」

「不、不用記那種事啦！」

「妳是太沉迷於遊戲，會把自己想出來的絕招寫在筆記本上的莎莉嗎？」

「等等！對不起！都是我的錯！」

「報仇的感覺真不錯。」

「……唉……真是自掘墳墓。」

總而言之，兩人平安再會了。

「梅普露，妳那邊怎麼樣？我是跟假的妳打耶。」

「我也是跟假的妳打，大概是一個小時之前才打贏吧。」

莎莉將她贏來的一枚銀幣交給梅普露。

這樣總共有十枚了。

「妳是怎麼打贏假的我？」

莎莉原本想回答，但把話吞了回去。

「說不定……說不定以後會有單人爭霸戰之類的活動，對到妳的話我不想輸得太快，可以讓我先保密嗎？」

「好哇！嗯……那我也不說打贏假的妳的方法！我也不想輸給妳！」

莎莉雖說要保密，但還是讓梅普露看她的屬性。

「妳可以從技能猜猜看喔～！」

「那我就先謝謝妳的好意啦。」

梅普露仔細查看莎莉的屬性。

莎莉

Lv21　HP 32／32　MP 25／25〈＋35〉

【STR 30〈＋20〉】【VIT 0】

【AGI 85〈＋68〉】【DEX 25〈＋20〉】

【INT 25〈＋20〉】

裝備

頭　【水面圍巾：幻影】　身體【大海風衣：大海】
右手【深海匕首】　左手【水底匕首】
腿　【大海衣褲】　足　【黑色長靴】
飾品【感情的橋樑】
　　【空】
　　【空】

技能

【劈斬】【二連斬】【疾風斬】【破防】
【倒地追擊】【猛力攻擊】【替位攻擊】
【火球術】【水球術】【風刃術】【颶刃術】
【沙刃術】【闇球術】
【水牆術】【風牆術】【提振術】【治療術】
【異常狀態攻擊Ⅲ】

【低階肌力強化】【低階連擊強化】【體術Ｖ】
【低階ＭＰ強化】【低階ＭＰ減免】【低階ＭＰ恢復速度強化】【低階抗毒】
【低階採集速度強化】
【匕首熟練Ⅱ】【魔法熟練Ⅱ】
【火魔法Ⅰ】【水魔法Ⅱ】【風魔法Ⅲ】
【土魔法Ⅰ】【闇魔法Ⅰ】【光魔法Ⅱ】
【快速連刺Ⅰ】【斷絕氣息Ⅱ】【偵測敵人Ⅱ】【躡步Ⅰ】【跳躍Ⅲ】
【釣魚】【游泳Ｘ】【潛水Ｘ】【烹飪Ⅰ】【博而不精】【超加速】

「有幾個變了耶。」
「剩下這幾天說不定也用得到喔。」
「幾個小時不見，妳怎麼變得這麼厲害！」
「我又可以跟妳並肩作戰了。」
莎莉開心地微笑。
梅普露也跟著微笑。
「好，我們上樓梯看看吧。」
「也對。還需要很多銀幣呢。」

兩人踏上螺旋階梯，朝著光源前進。

最後來到的是溪谷另一邊。

儘管長時間戰鬥讓她們相當疲憊，但剩下的時間不容許悠哉休息。

第四天都過中午了。

銀幣是先搶先贏。

「又要把森林翻一遍了。」

梅普露望著眼前的大片森林說。看不出森林有多深，也不曉得有無地城。

「打起精神跟他拚了！」

「喔～！」

為尋求新的地城，兩人踏入森林。

閒話　防禦特化與官方2

自從梅普露和莎莉打倒【銀翼】以後，官方開始定期觀察她們的動向。

「梅普露和莎莉都打倒分身怪了！」

「是喔……也對，那種水準擋不住她們吧。」

「呃，我先說清楚喔，分身怪不是普通的強耶！」

製作分身怪的男子大喊。

男子不覺得自己的傑作弱到被打倒是理所當然，唸唸有詞。

「那就來看其他分身怪吧，好幾個地方都有放嘛……喔！有戰鬥紀錄！」

男子這麼說著敲打鍵盤，調出影像。

房間中的大螢幕隨即播出使用長槍的玩家和揮舞巨劍的分身怪打鬥的狀況。

「從裝備……和等級來看，算中階吧。」

「是啊，正好作參考吧？」

幾個工作人員一邊進行作業，一邊往螢幕瞄。

戰鬥持續了幾個來回後，玩家方漸顯疲色，狀況愈來愈差。

分身怪的攻擊開始打穿他的防禦，最後以強烈劈斬劃過玩家的胸膛，玩家化成光消失了。

「很好很好，明明很強嘛！何況分身怪本來就是複製玩家以後再加強幾個階段，本來就比較強！梅普露和莎莉能輕易打贏，單純是她們太強而已……」

「兩個都是打持久戰嘛……梅普露就算了，莎莉是都不會累嗎？跳來跳去的。」

「要讓梅普露打到累的話，就要讓她動來動去才行，可是她不動也很強呢……」

「再過一陣子，她們的寵物等級也要上來了，到時候怎麼辦？」

「這個嘛……我再想想。」

藉由一般玩家的死重新體認「普通」與梅普露和莎莉的差距後，眾人又返回作業。

「要是有什麼異狀……或是梅普露她們有什麼狀況，就來跟我報告。」

「知道了。」

當然，他們不會停止觀察梅普露與莎莉攻略地城的進度。

第七章　防禦特化與沙漠探索

與過去的森林相比，這裡規模小很多。

「喔，已經穿過去了！」

「喔……是沙漠耶。」

出現在兩人眼前的，是寬廣的沙漠。

放眼望去全都是沙，還有四處遍布的仙人掌。

沒有玩家的影子。

「進沙漠看看吧？」

「好哇。」

兩人就此步入沙漠。

「不會口渴什麼的真是太好了。」

「就是啊，不然都不用探險了。」

遊戲裡沒有脫水的問題。

也不會因為人在沙漠就受到高溫的傷害。

不過步行速度仍會被沙拖慢，探索起來不怎麼自在。但她們倆仍越過沙丘，一步一腳印地前進。

「什～麼都沒有耶。」

「看起來是這樣啦。」

由於沙漠裡到處都是大沙丘，不爬上去不曉得後面有些什麼，兩人便懷著希望一座又一座地爬。

「總之前進就對了。」

「也是。」

兩人沒有叫出朧和糖漿。

之前試過一次，可是糖漿不太能爬沙丘。

每次爬到一半都會因為沙子崩垮而向後滑。

朧則是因為莎莉見到牠爬得一身沙就收起來了。

她說，那感覺很對不起朧。

翻過十幾座沙丘後，兩人終於見到遠處有座綠洲。

「終於有東西了！」

「趕快過去吧！」

在清一色都是沙的景象中，綠色是那麼地鮮豔閃耀。

兩人以輕快的腳步奔向綠洲。

「怎麼樣，感覺有地城嗎？」

「我們分頭看仔細吧。綠洲沒很大，應該一下子就搜完了。」

於是兩人翻遍每個角落，唯一的收穫就只是知道這座綠洲什麼也沒有。

「唔……什麼都沒有耶。」

「好像是這樣，真可惜。」

「休息一下再出發吧？」

「好哇，我也滿累的了。」

莎莉伸個大懶腰。

兩人這天都經歷過一段漫長的戰鬥。

會累也難怪。

梅普露都躺了下來，慵懶地查看四周。

「嗯……嗯？莎莉！有人來了！」

梅普露跳起來架持塔盾。

莎莉也應聲抽刀備戰，注視接近的玩家。

「喔……已經有人了，而且還是梅普露……運氣真背。」

來的是個身穿日式傳統服裝的少女。

上半身是櫻色和服。

下半身是紫色袴褲。

腰間再配把武士刀，一眼就給人深刻印象。

「她是上次活動第六名喔。」

「咦？真的？」

「我對前十名做過不少功課，長相我至少認得出來。」

「那個，抱歉打擾妳們說話……可以的話，請放過我吧。」

少女表示她沒有戰意。

可是那不過是口頭上，實際上怎麼想不得而知。

「……真的嗎？」

莎莉目不轉睛地盯著她看。

「有機會拿銀幣，我當然是想拿。如果真的非打不可……我也沒辦法。好歹會想辦法拖一個人墊背。」

少女說「拖一個人」時，眼裡看的是莎莉。

梅普露加強戒備，以便隨時進攻或防禦。

「那我們還剩一個可以撿銀幣，有利多了。」

莎莉喃喃地說。她們和少女一樣，都很需要銀幣。

「……是啊。」

「要打嗎？」

「所以呢，莎莉？我不是很想打……可是要打的話，還是會全力以赴。」

兩人一起望向少女。

「【超加速】！」

少女全力逃跑。

以眼睛跟不上的速度逃跑。

「【超加速】！」

莎莉也全速追趕。

以眼睛跟不上的速度追趕。

莎莉心中想把握機會的部分使她決定追殺少女。

「等、等等我嘛！」

梅普露也全速追趕她們倆。

以慢得像烏龜的速度跟上去。

獵物愈是跑，獵人就愈想追。莎莉順勢進入戰鬥狀態。

「妳、妳怎麼會有【超加速】啊！」

「是瞧不起我嗎？」

兩人【超加速】時效結束時，正好在四周都是大沙丘的深坑中，無路可逃。

少女無可奈何，只好拔刀。

事實上，她認為只要不是對上梅普露，應該都有勝算。

好歹她也是第六名。

「【第一式・陽炎】。」

少女的身影在晃動中消逝了。

轉瞬間，她已現於眼前。

橫掃的刀斬過莎莉的軀體。

「咦……？」

但吃驚的卻是少女。

莎莉的形影在空氣中融化，消失不見了。

「每個人一開始都是這種反應啦。」

少女身上迸出紅色特效。

莎莉在錯身的同時砍過她的腹部，不過攻擊力低，造成的傷害並不大。

然後莎莉再度拉開距離。

「如果不能在梅普露趕到前打倒我，妳會很危險喔？」

莎莉對少女說。

「唔……【第一式・陽炎】！」

少女再度急速接近莎莉。

以同樣方式橫掃她的刀。

「這一招，我已經看過了。」

真是奇妙的畫面。

莎莉壓低姿勢向前飛竄，使少女從極近距離揮出的刀撲了個空。

然後就此低姿勢地竄過少女左側。

「唔……！」

少女的腳迸出紅色特效。

「沒想到妳原來有這麼強……難怪可以作梅普露的搭檔。」

「謝謝誇獎啊。」

兩人轉身對峙。

莎莉不主動出手。

因為她要在閃躲的同時攻擊對方的破綻。

不然遭受反擊，可能一次就完蛋了。

所幸對方不知道這一點。

「……我可不能死在這裡。」

少女喃喃地這麼說，氛圍和外觀都出現變化。

烏黑秀髮化為雪白，黑眼珠也染成緋紅。

與和服同樣的櫻色特效，在她周圍閃耀起來。

「…………」

莎莉也不再廢話，將專注力提至極限。

這是莎莉最強的絕招。

誰也無法模仿的絕對力量。

「【最終式・朧月】。」

連刀路也看不見的連擊襲向莎莉。

速度快到刀身彷彿在搖晃，消失不見。

要以視覺看清刀路，恐怕是不可能的事。

「唔……！」

但輕聲呻吟的卻是和服少女。

她那肉眼無法捕捉的連擊竟逮不中莎莉。

在連擊技能發動當中，在效果結束前只能做出系統設定的動作。

她只能不斷祈禱能夠擊中莎莉，連續揮刀。

莎莉要避開這段連擊。

腳步的動向。

視線的動向。

手臂的動向。

肩膀的動向。

刀的削風聲。

將所有資訊用來預判刀路，以毫釐之差躲開。

對方見到自己的攻擊被就在眼前的對手以最小動作全部躲開，一定覺得詭異到極點吧。

沒錯，簡直就像——

刀刃主動避開莎莉一樣。

每一擊都具有必殺威力的十二連擊無疾而終。

少女對莎莉瞇眼一笑，就地躺下。

「我輸了，給我個痛快吧。」

她的頭髮和眼睛都恢復原來的顏色。

氣場也消失了。

「我也是躲得很累的啦。」

「下一次，我一定會打中妳。」

就在莎莉要刺出匕首的那一刻。

「啊啊啊啊啊啊啊！天啊，停不下來啦啊啊啊啊啊啊！」

兩人下意識地往突來的叫喊看去，只見有團黑色物體從沙丘斜坡上咕嚕嚕地滾過來。

「呃，喂！梅普露！等、等一下！」

沒錯，那團東西就是梅普露。

塔盾已經卸下，堪稱是唯一可以讚許的點吧。

要她等也沒用，她不是能停下來的狀態。

梅普露就這麼撞進兩人之間。

捲起滾滾沙塵趴倒在地。

遇到這種狀況，即使是她們三人也需要一點時間才能反應。

以致她們對彷彿看準這片刻空白所發生的腳下變化根本反應不及。

「哇！」

「呃，跑不掉了！」

「咦？咦？」

反應各自不同的三人，以驚人速度陷入流沙之中。

最後，有兩個在空中取得平衡，安然著地。

一個劈哩啪啦地摔在地上。

不用說，那當然是梅普露。

幸虧摔的距離並不長，完全無傷。

「怎、怎麼了？」

「大概是有一定人數就會啟動的地城……吧。等梅普露滾下來以後才突然這樣。」

其他人往搔著頭分析狀況的莎莉看，並注意到一件事。

三個人的手都被黑色的鎖鏈給鏈住了。

「「「咦？」」」

莎莉右邊鏈著和服少女。

左邊鏈著梅普露。

能自由活動的只有少女的右手和梅普露的左手。

鎖鏈長約一公尺出頭，恐怕無法像平時那樣活動。

她們再花了點時間才總算了解這是什麼狀況。

◆□◆□◆□◆□◆

「嗯……好像拆不掉。」

莎莉喀啦喀啦地拉扯鎖鏈，不像會斷的樣子。

「我手上有一個按鈕耶？」

「我這也有。」

「我也是……剛才太緊張都沒發現。」

三人討論以後，決定先按下莎莉的按鈕。

按了以後，空中浮現類似屬性畫面的藍色面板。

「束縛鎖鏈」

將三個人繫在一起的詛咒鎖鏈。

三人從此成為命運共同體，任何人的死亡都會導致其他人喪命。

【無法破壞】

「哇……真糟糕。」

目前最危險的是莎莉。

這樣她無法自由閃避，ＨＰ又低。

其他按鈕也只是顯示相同的畫面。

「我一定會徹底保護妳。」

梅普露舉起塔盾說。

「嗯，就靠妳囉。」

兩人相視頷首。

任誰都能看出她們信賴之深。

「我好像跑錯棚了呢，嗯。」

「……暫時休兵吧。」

「好，就這麼辦。我自己也不想再打了。」

和服少女吸口氣，做起自我介紹。

她的名字叫做霞。

如同外觀，擅用武士刀作戰。

在這種極端狀況下，顧及敵人以外的事沒什麼意義，所以都不用敬語說話了。

「那我們……先把這裡搜一遍吧？」

「就這樣！」

「好，我贊成。否則留在這裡也沒用。而且攻破這個地城以後，鎖鏈說不定就會解除了。」

三人決定先往眼前的砂岩階梯往下走。

「如果魔王剛好兜到，說不定會全滅喔。」

「只能祈禱魔王沒有範圍攻擊了。」

霞與莎莉小心翼翼地下樓，梅普露不停左右張望。

「是不是愈來愈潮濕呀？」

「咦……好像喔。」

「牆壁也變得跟山洞一樣了，先前還是整齊的磚頭……現在凹凹凸凸的。」

下完階梯後，眼前是開闊的空間。

洞頂布滿鐘乳石，石尖水珠滴在水窪裡的聲音在洞中迴盪。

整個洞全是以偏藍的石頭構成，壁面滑溜溜地感覺不太舒服。

地面也一樣滑溜，頗為難走，讓人覺得前途多舛。

「看起來好像沒怪物耶？」

「真的……是這樣。會沒有嗎？」

寬敞空間裡，除滴水聲外沒有其他聲響。

「雖然不曉得終點在哪，我們還是先前進吧……感覺路很複雜。」

這空間是好幾條岔路的交岔點。

每條路頂部都很高，和這裡一樣約有十公尺。

「要小心怪物從上面偷襲呢。」

「我也是這麼想，很可能有這種事。」

「那我先做好擋怪的準備喔。」

三人選了一條路進去，走了一會兒又來到另一個寬敞空間。

「這裡……也是什麼都沒有。」

「故意讓我們小心嗎？遇敵率零也未免太低了點……」

「會不會是探索型地城？沒有魔王，只是比較花時間？」

其他兩人也覺得梅普露的想法不無可能，點了點頭。

「好多岔路喔……感覺真的很花時間。」

三人再度前進。

向右向左，上坡下坡地走，就是沒遇見魔王房。

連怪物也是一隻也沒見到。

「呃……死路……」

「呼……回去吧。」

「…………嗯？妳們等一下！」

梅普露拉住其他兩人。

手指著路底牆腳前一小段的水窪。

裡頭噗咕咕地冒著泡，不仔細看很容易疏漏。在這個缺乏變化的洞窟裡，只有梅普露發現了這個細微的差異。

雖然只是湊巧，但立了大功。

三人靠近一看，發現有枚銀幣躺在水窪底下，散發光輝。

梅普露拾起銀幣，水窪也不再冒泡。冒泡大概是用來提示玩家這裡有東西吧。

霞認為既然是梅普露單獨發現，銀幣就該歸她所有，往後路上也願意比照辦理。

「我也是。」

「哇……我完全沒注意到。」

也就是說，誰發現就是誰的。

「看樣子，這座地城很可能沒有魔王呢。」

「的確是很有可能。」

「怎麼說？」

「如果有魔王的話，就會把銀幣放在他身上吧？之前都是這樣。」

「也對，好像都是這樣。」

因此，在這裡發現銀幣很可能表示這座地城真的是以探索為主。

「以後要更仔細注意地面跟牆壁了……呼……想到就累。」

「我也會努力找的。至少要帶一枚銀幣回去才行。」

三人就此從死路折返。

洞窟裡有不少死路，且景物沒有變化，容易迷路，探索比想像中更困難。
「我還比較會打只靠戰鬥就能兩、三下解決的地城呢。」
「我也特別擅長這種！」
「是啊，我也比較會打戰鬥型的。」
邊說邊聊的三人又遇到大窟室。
整個洞窟構造有如蟻窩，但沒有半隻螞蟻。

「啊！有東西在發光！」
「是寶藏嗎？」
「說不定喔。」
三人走向窟室中央。
有一塊地面閃亮得有如銀河，和其他岩石都不一樣。三個人蹲下來，仔細觀察這塊
從正中間將房間分為兩半的長條地面。
「好漂亮喔……可是不是寶石，比較像金沙呢。」
「對呀，真的。不過好像拿不起來呢。」
霞用刀一敲，地面發出攻擊無法破壞的物體時相同的啪鏗聲，將刀彈開。
這條閃亮的地面相當寬，如果可以採掘，肯定能取得三人份的材料。

量就是這麼多。

「嗯……會不會是到一定時段才能挖呀？像竹林那樣。」

「很有可能喔。」

「竹林？」

霞不曉得竹林的事，梅普露便為她說明。

「夜間限定啊……我晚上很少外出，都沒發現。」

「現在幾點？」

「我看看……五點半。就算爬得出這座洞窟，也已經晚上了吧。」

「這麼說來，勢必得在這裡過上一夜了。」

「還滿硬的呢。」

目前尚未尋獲任何能夠離開洞窟的手段，說這也沒用。

三人離開窟室再續探索。

但儘管一路上下左右仔細地看，在那枚銀幣之後就再也沒有斬獲。

「嗯？」

「怎麼了，莎莉？」

「找到什麼了嗎？」

「沒有，只是覺得剛剛有點地震……」

「是喔？我完全沒感覺。」

「我也沒有。真的嗎？」

「嗯……說不定是我累了。今天和假的梅普露打了那麼久。」

「假的梅普露？那是什麼？」

「喔，那個啊——」

梅普露也對霞分享遇上分身怪的事。

霞聽得津津有味，很感興趣。

「這也是……相當硬的魔王戰呢。我都只是到處找銀幣。」

「那就跟我們說妳找銀幣的事吧～！」

「哈哈哈，好哇。我想想……該從哪說起呢……」

沒想到三人鏈在一起後化敵為友，還愈聊愈開。

莎莉和霞也親近到不再打算擊敗她。

時間已過六點。

第五天就快到了。

閒話　防禦特化與官方3

「梅普露有狀況！她掉到地底地城裡去了！」

有人在靜謐的房間中大喊。

附近幾個人立刻湊到螢幕前查看狀況。

「那裡是剛好三個人才能進去沒錯吧。」

「沒錯。誰被拖下水了？全都被鏈在一起了吧。」

如果是遠比梅普露和莎莉弱的玩家，肯定只會拖累她們。

也難怪他們這麼在意。

「等等，我調資料出來。」

不久後，霞的資料出現在螢幕上。

「啊～沒用啦！沒用沒用！拖這個下水也礙不到她們。」

「梅普露她們反而拖累她吧……AGI差得有夠多。不管怎麼想都很難走。」

說到這裡時，嚷嚷著沒用的男子忽然若有所思地沉默下來。

「喔不，說不定還真的沒那麼糟。」

「……就是啊。」

「我覺得……這個地城反而還適合梅普露，真的是這樣嗎？」

「因為她們三個都很強嘛……很可能會全部生還。這樣的組合，就算倒了一個也說不定打得過。」

對地城設計者而言，整死玩家是他們的成就感來源。

尤其地城屬性剋倒強力玩家時，那喜悅是格外巨大。

「總之我們也插不了手，只能祈禱一切順利啦。」

「怪物們……！加油啊！」

就這樣，官方人員將希望深深地寄託在自己創造的怪物上。

第八章　防禦特化與遇敵

「感覺今天出不了這座洞窟了……」

「那就來找可以安心紮營的地方吧。」

在探索目的中新增「安全的營地」後，三人在通道間左左右右地尋覓。

「如果出口會自己跑出來就好了……」

「能這樣最好……今天累死我了。」

梅普露和莎莉都累積了不少疲勞，睡意濃得恨不得立刻停止探索倒地就睡。

就在不知第幾間的窟室出現在通道彼端時——

「地、地震嗎？」

「這次我也感覺到了！」

地面搖得全身都有感。

接著，眼前的窟室傳來咕啾咕啾的噁心聲音。

三人凝視窟室，準備應戰。

對方從另一條通道現身了。

從洞頂的高度推算，牠高約五公尺，長約七公尺。

巨大的蝸牛滑溜溜地橫越窟室而來。

所幸蝸牛似乎沒注意到她們，消失在其他通道中。

「……危險。那個東西很危險啊。」

「沒有血條呢。」

「怎麼個危險法？」

梅普露怯怯地對板起面孔的兩人問。

「沒有血條……表示打不死。」

「如果不先找個不會遇到牠的安全點……就死定了。」

三人都被鏈在一起。

不能派人當誘餌。

「先離開這裡再說吧，牠折回來就糟了。」

「嗯，就這麼辦。」

「那麼，走那條嗎？」

三人進入窟室，選了不是蝸牛進出的通道走。

「我懂了……原來這座地城是因為那隻大蝸牛才會這樣。」

莎莉低語道。

這座地城有如蟻窩，有錯綜的通道和許多死路。

每條通道都很高，沒有多餘障礙物。

玩家們還鏈在一起。

全都是方便蝸牛行動，阻礙玩家逃跑的設計。

「說不定這座地城的難度會隨時間改變喔。」

霞說得沒錯。

自下午六點起，這座地城會變成蝸牛四處橫行的魔境。

同樣地，這時段也有結束的時候，但她們三人無從知曉。

隨時間經過，地鳴聲也愈來愈重。

「該、該不會不只一隻吧？」

「…………很有可能。」

莎莉豎起耳朵，想盡可能分辨聲音的來向。

附近沒有咕啾咕啾的聲響，所以認為蝸牛有段距離。

不過可以確定的是，她們必須時時保持警戒。

這讓莎莉耗弱的精神更往下掉。

經過幾個岔路後，終於造成了問題。

「……！」

才一拐彎。

她們就撞見了巨大蝸牛。

「快跑！跑回去！」

霞和莎莉拔腿就跑，但梅普露跟不上。

「糟……糕！」

還來不及背起梅普露，蝸牛已經逼上。

還搖晃牠巨大的身軀，啪刷啪刷噴濺具有黏性的液體。

「唔！」

塔盾吞噬了液體，使梅普露在千鈞一髮之際躲過攻擊。

「莎莉，要跑了！用【超加速】！」

「唔！好！」

這是她們事先討論過，在沒有其他方式可以逃跑時的最後手段。

「「【超加速】！」」

兩人速度頓時倍增。

梅普露被她們拖在地上滾。

一般玩家肯定會被一路拖到掛。

然後導致全滅。

可是梅普露不一樣。

她能夠毫髮無傷地存活下來。

然而她還是會被拖得很不舒服。

所以才會是最後手段。

梅普露的鎧甲一路拖得響叮噹。

即使她來得及收起塔盾，要控制鎧甲就沒那麼容易了。

「後面怎麼樣？」

「沒問題！蝸牛沒追上！」

三人總算是甩開了蝸牛。

不過接下來有段時間不能用【超加速】了。要是再遇到蝸牛，就得做好決死的準備。

而且蝸牛不給她們時間喘息，遠處又傳來那咕啾咕啾的聲音。

「……唔……從別的方向來了！」

「走這邊！」

三人一右一左奔過岔路。

梅普露卸下裝備給莎莉背。

像平常那樣。

「我猜對了！那些蝸牛會對聲音起反應！」

梅普露的鎧甲不再發出聲響後，離得很近的咕啾咕啾聲逐漸遠去。

「怎麼樣？有嗎？」

「……應該離得夠遠了吧？」

「呼……逃掉了……」

三人倚牆而坐。

儘管通道中央算不上安全，總比待在只有一個出口的地方好多了。

「要趕快……找到出口才行。」

「嗯，就是說啊……」

不必討論，方向便順理成章地確立。

此地不宜久留。

當務之急是尋找出口。

「這座地城好像沒有魔王房……所以就是找到銀幣或裝備就帶走的感覺吧……」

「是啊，就這樣吧。既然有那種蝸牛在……這座地城的主要概念應該就是探索。」

「也就是說……整個地城都是魔王房的感覺囉？」

「大概就是這種感覺。」

莎莉結束閒聊，起身準備出發。

「在蝸牛發現我們之前快走吧。既然入口在上面……出口說不定在下面喔？」

「也許吧，沒辦法保證就是了……」

「那就往下走吧，應該比往上好。」

通道有不少是往下的緩坡，專挑下坡走就對了。

於是三人不斷往下。

路上不時能遠遠見到蝸牛的蹤影。

而這讓莎莉肯定了一件事。

那些蝸牛比梅普露還快。

也就是說，正常方式跑不過牠們。
如果是在轉彎撞見，背起梅普露會損失時間。
要是在那時被黏液噴中，可能會被黏在當場。
可是在梅普露裝備塔盾的情況下，莎莉也背不起她。
無論如何都必須避免被蝸牛貼近的情況發生。

「呼……專心一點……」
莎莉鞭笞疲憊的身軀，集中精神。
她的搜敵能力，是她們三個的生命線。
三人小心再小心地壓低聲音前進，不久，洞窟外觀開始出現變化。

「好美喔……」
「嗯……真的。」
「有點療癒耶……」

窟壁上，滿是璀璨的紫水晶。

儘管這些長得到處都是的紫水晶無法採集，那夢幻的光輝仍能稍微撫慰她們三人疲憊的心。

此外——

「高度好像……變矮了？」

莎莉說得沒錯，多處洞頂變低許多，有些矮到蝸牛只能勉強通過。

「可是……地鳴聲變大了耶。」

「是地形稍微對我們有利，所以數量變多了吧。」

三人繼續前進。

她們都迫切希望能在今天之內逃脫這座地城。

祈禱不要再聽見咕啾咕啾之餘，三人小心避免可能遭到前後夾擊的狀況發生，開始探索新區域。

◆□◆□◆□◆□◆

「不知道……有沒有安全點……」

莎莉喃喃地說。

她清楚感覺到專注力開始渙散。

隨時發生致命失誤也不奇怪。

倘若一手負責搜敵的莎莉發生失誤，很可能導致全軍覆沒的慘況。

「我得加油才行……」

莎莉拍拍臉頰提振自己，豎耳聆聽。

「左邊的路有一點點聲音，右邊沒事。」

其他兩人再怎麼努力也被地鳴聲干擾，聽不出個所以然。

無法分擔她的工作。

「快點，要是跑來右邊就糟了。」

「好，知道了。」

「嗯，我們走！」

三人快步進入右側通道。

裡頭沒有蝸牛的蹤影，一路深入。

假如選擇左側通道，這時已經被蝸牛發現了。

即使莎莉的搜敵能力岌岌可危，效果依然可靠。

三人前進一會兒後，發現前方是死路。
但是，走這條路也不盡然純是浪費時間。

「有東西！」
霞所指之處有塊特別大的紫水晶。
裡頭封了一把老舊的鑰匙，還有櫻花造型的耳環。
她們靠近觀察，發現紫水晶有血條。
也就是可以破壞的意思吧。

「鑰匙應該是必要的東西……不拿不行吧……」
「嗯，我也這麼想。」
「那麼……我來砍。」
霞抽刀擺定架式。
「【第四式・旋風】！」
那是連續兩個來回的上下連斬。
高速四連擊全部準確砍在水晶上。

水晶承受不了連擊的威力，啪唧一聲爆散了。

霞拾起掉在地上的鑰匙與耳環，檢視屬性。

「鑰匙……沒有說明文。耳環就只是裝備吧，看起來跟脫逃無關。」

霞也將東西拿給她們看。

「嗯，真的是這樣。」

「鑰匙……要用在哪裡呀？」

「天曉得……總之這個耳環給霞吧。」

莎莉將耳環交給了霞。

在經過幾句交談之後，也把鑰匙交給她。

「那麼……我們繼續探索囉。」

這裡是無處可逃的死路。

三人匆匆折返。

離開死路後，她們繼續睜大眼睛到處搜尋，在通道中段靠頂部的位置發現隧道。

至今從沒見過這樣的東西。

理所當然地，三人都覺得裡面會有新發現。

「咦，進得去嗎？」

「嗯……用【跳躍】好像上不去……」

隧道口位置高約十公尺，光憑【跳躍】還不夠。

就在三人思索怎麼上去時——

「……等等，安靜一下！……來了！」

莎莉的耳朵聽見了那個咕啾咕啾的聲音。

而且兩端都有。

「我一直都很小心不要被夾攻的耶！」

至今從未兩面受敵，甚至連遇都很少遇到，全是莎莉全力判讀蝸牛位置的功勞。

她總是以地鳴的方向與音量來大致判斷距離和方位，選擇最佳路線。

然而她的努力眼看就要毀於一旦。

她誤判了一隻蝸牛的動向。

「只能走那個洞了……！」

「莎莉，快用【跳躍】！再來我會處理！」

現在沒時間多問霞有何打算了。

蝸牛已從兩側現身。

「【跳躍】！」

莎莉抱著或許能攀上洞口的一線希望奮力躍起，然而在多了兩人份重量的狀況下，終究是跳不上去。

「【第三式・孤月】！」

霞的身體在空中忽然加速。

在遊戲系統的幫助下，霞像砲彈般往上飛去。

當然也帶動了其他兩人。

霞在空中一個旋身，留下斬擊特效後向前落下。

正好往洞口方向前進。

三人連摔帶滾地衝進洞裡的同時，莎莉瞥一眼就在下方的蝸牛。

蝸牛朝她們啪刷啪刷噴灑黏液，但噴不到她們的位置。

「牠們好像……沒辦法上來耶？」

莎莉暫且鬆口氣，背靠水晶壁癱坐下來。

「哈哈……幸好成功了……」

「謝謝喔，霞。光靠我的【跳躍】還上不來呢。」

「嗯！妳好厲害喔！」

「其實用了【孤月】以後會有很長的僵硬時間……要是上不來，就要停在原地被蝸牛輾了……我也是賭賭看而已。」

孤注一擲的結果，是漂亮的成功。

多虧於此，三人獲得久違了的休息時間。

這隧道沒有寬到能讓蝸牛進來。

「能休息是很好……但在那之前，要不要先看看前面有什麼？畢竟這裡不一定就只有蝸牛一種怪物……」

「……說得也是，小心一點比較好。我一不小心就認為這裡的怪物只有蝸牛了。」

「我也覺得看一下比較好。」

三人意見一致。

於是紛紛站起，往隧道深處前進。

隧道連接到圓形的窟室。

開口位在離地五公尺處，窟室裡有六條通道。

遠遠看起來，也看得出蝸牛能夠進出。

而三人所在的隧道口正前方，有一扇門。

高約兩公尺。

不是過去魔王房那種大門。

「那會是出口嗎？」

「先等一下。【望遠】！…………有鑰匙孔，剛才的鑰匙很可能要用在那裡。門後一定有東西。」

「那麼……要開開看嗎？每條路都沒有蝸牛的聲音。」

「真的？」

「確定沒錯嗎？」

對於兩人的疑問，莎莉再次豎耳聆聽。

每條通道都沒聲音。

聽了幾分鐘，一樣沒有蝸牛的動靜。

「沒問題，什麼聲音也沒有。」

「那就……走吧。」

「嗯，我們走。」

三人就此跳下地面。

梅普露和霞都十分信賴莎莉的搜敵能力。

莎莉對自己的能力也有絕對自信。

而這項能力所導出的答案也正確無誤。

不僅每條通道都沒有蝸牛，連任何怪物也沒有。

可是單就結論而言，她們是該先在隧道裡休息夠了再走。

三人的判斷能力，都在不知不覺中明顯下降了。

說也奇怪，三人都沒想到環境可能在她們進入房間以後出現變化。

她們一落地，水晶就急速成長，堵住洞口。

所有通道都開始傳出惱人的聲音。

也就是她們都十分熟悉的，那種咕啾咕啾的噁心聲音。

「糟、糟了！」

「怎麼辦！」

「衝進那扇門！沒別的方法了！」

梅普露現在是全副武裝。

而現在沒有時間讓她卸甲了，蝸牛們已經爬出通道口。

距離門有二十五公尺。

平時沒什麼大不了的距離，如今感覺好遠好遠。

◆□◆□◆□◆□◆

「「【超加速】！」」

莎莉和霞猛然加速，拖拉梅普露衝向門口。蝸牛從左右各出現三隻，斜前方還有兩隻。

這兩隻不讓她們靠近門口，在她們路線上遍灑黏液。

「唔……往左！」

「好！」

莎莉和霞立刻轉向安全的地面。

被拖著跑的梅普露無法自由移動，只能用【暴食】處理可能會沾上她的黏液來避難。

蝸牛速度雖比梅普露快，卻遠不及莎莉和霞。

只要躲得過黏液，想到門口並不難。

「到了！霞！」

「好，馬上好！」

霞從道具欄火速取出鑰匙，往鑰匙孔插。

但就在這個時候。

「哇！」

啪刷一聲，有東西從蝸牛身上暴伸而來。

堪稱觸手的物體一把從她手上搶走鑰匙。

將鑰匙擺在蝸牛頭上後，觸手就縮回體內了。

「趕、趕快搶回來！」

「【跳躍】不夠高……！」

若只有莎莉一個不成問題，但現在雙手拖著梅普露和霞，根本跳不上去。

「不能停在這裡！過來了！」

蝸牛群分秒進逼，留在原地會被黏液困住，而且那個觸手還不曉得什麼時候會再襲來。

「霞！【孤月】能用嗎！」

「有空檔才行！不然僵硬的時候會被幹掉！」

焦急當中，黏液仍一灘灘地覆蓋地面。

三人已經沒多少時間了。

「……莎莉！我們往隧道的方向直衝！」

如此大喊的，是梅普露。莎莉轉頭一看，見到她眼中有著深厚的自信。

「……知道了，就試試看！」

莎莉和霞一起拔腿衝刺。

往隧道方向跑，非得穿過蝸牛之間不可。

蝸牛已經包圍她們了。

「這裡交給我！【第六式・焰！】」

烈火熊熊的刀向下一劈，火焰掃過蝸牛之間。

她們在來到這裡的路上，曾發現攻擊不會造成傷害，但能夠稍微嚇退蝸牛。儘管只有一眨眼的時間，在這狀況下已經十分足夠。

突破蝸牛包圍後，蝸牛緊追而來。

「果然！牠們動作很單調！」

梅普露說得沒錯。

蝸牛們幾乎是沿著她們的路線追來。

即使不多解釋，其他兩人也領會梅普露接下來想做什麼了。

「【毒龍】！」

「【跳躍】！」

「【第三式・孤月】！」

三人的技能全達成了各自的使命。

梅普露嚇退蝸牛，霞和莎莉趁機跳上牠們的殼頂。

【毒龍】也替霞撐過了僵硬時間。

「這裡就不會有黏液了！而且……！」

莎莉向前望去，那邊全是以同樣行動追來的蝸牛。

鑰匙就在其中一隻頭上。

由於蝸牛是直線追來，幾乎與門排成了一直線。

且幸運的是，頂著鑰匙的蝸牛慢了一點，身體稍微傾斜。

「現在拿鑰匙不會被殼擋到！」

「【跳躍】！」

殼頂比蝸牛頭高，莎莉往下跳就順手搶走了鑰匙。

「好耶！」

「快跑！」

但是地面狀況實在太差，無論如何都要繞路。

雖能到達門口，也給了蝸牛伸出觸手和噴灑黏液的時間。

儘管如此——

「【掩護】！」

梅普露的塔盾將攻擊全部擋下。

負責防禦的她，一次也不讓任何攻擊越過她背後。

「誰會被你們惡搞兩次啊！」

「好！開了！」

莎莉一開門，三人就猛然跌進房裡。

進了這間房，門立刻消失，那些蝸牛也不可能攻過來了。

同時，繫住她們的鎖鏈隨之崩解，消失不見。

表示她們攻破了這座地城。

「呼……活下來了……」

「啊啊……累死我了……」

「我暫時不想再看見蝸牛了……」

房裡有四個寶箱，和一道魔法陣。

「我們……來開寶箱吧。」

「好哇！馬上來開！」

三人各挑一個寶箱來開。

「我的是長槍耶～！」

「我是塔盾。」

「我這邊是法杖。」

「紫晶槍」
【STR　＋20】【VIT　＋15】【水晶牆】

「紫晶塊」
【VIT　＋30】【水晶牆】

「紫晶杖」
【INT　＋20】【MP　＋30】【水晶牆】

三人拿起寶物給其他人看。她們之中實際用得上的，就只有塔盾而已吧。

「梅普露，這個給妳吧。我拿了也沒用……」

霞這麼說就將盾交給梅普露。

「真的好嗎？」

「沒關係，妳收下吧。」

「那這個給妳吧，可能用不到就是了。」梅普露和莎莉也把長槍和法杖給霞。

「嗯……都是好裝備。」

霞檢視裝備屬性後這麼說。

屬性很不錯，若是可以裝備的玩家大多會想要。

「還剩一個寶箱呢。」

莎莉走向最後的寶箱，將它打開。

其他兩人也跟過去，從背後窺探。

「嗯……只有三個卷軸吧。」

檢查有無銀幣後，莎莉取出卷軸。

「三個卷軸都一樣，加技能用的。」

莎莉也將卷軸分給其他兩人。

收進道具欄以後，在這房間該做的事就結束了。

「那麼，我們出去吧？」

「好……這個洞窟好整人喔……累死我了。」

三人踏上魔法陣，離開洞窟。

能安然逃脫，純粹是因為她們發揮出各自的特性。

若無法互補短處，結果肯定不同。

三人就這麼回到了原來的沙漠。

「啊……夜空耶……」

「應該沒待那麼久的說。」

「啊，感覺好開心喔。」

在洞中所見不到的夜空，滿滿是解脫的感覺。

「對了……我們原本是想打倒霞嘛……可是現在已經完全沒有戰意了。」

與她協力逃出生天後，莎莉再也沒有與她戰鬥的想法。

梅普露當然也是如此。

「我也不想打……其實我一開始就不想啦。」

「對了！我們互加好友吧！」

「嗯，沒問題。」

三人互相加入好友名單之後，躺下來欣賞夜空。

或許是累了，或許是因為安心，她們都想先躺一會兒再說。

「霞……妳再來有什麼打算？」

「我想……繼續自己一個人走。反正加過好友了，活動以後想約也約得到吧。」

「跟我們一起打也可以呀……」

「嗯，來嘛來嘛！」

「哈哈……謝謝妳們的好意，不過這次先這樣。要是一個隊上有兩枚金幣，會吸引很多人來打吧。」

霞說得沒錯。

她和梅普露身上至少各有一枚金幣的事，其他玩家都知道。

當然會有很多人想打她們的主意。

有兩枚就更不用說了。

「這樣啊……真可惜，那就這樣吧。」

「謝謝……嘿、咻！我這就走囉。」

霞站起來拍拍沙子。

「加油喔！」

「妳們也加油。」

霞最後對兩人揮揮手，獨自離去。

這段奇妙的共鬥經歷就此閉幕。

第九章　防禦特化與活動第五天

「我們也出發吧。」

「好。」

霞離開後一段時間，兩人也爬了起來。

當前目標是尋找可以安全過夜的地方。

「首先要離開這片沙漠才行……」

在沒有遮蔽物的沙漠裡睡覺，實在危險至極。

兩人邁開步伐。

「好大喔……」

「就是啊……」

翻過一座又一座沙丘，見到的依然是同樣的景物。

到處都是大沙丘，視野很差，不曉得往哪裡走才能離開沙漠。

而且，並不是沒有怪物。

實際上，她們很想避免戰鬥。

「爬過這座沙丘以後，我們休息一下好不好？」

「嗯，就這樣。」

兩人手腳並用地登上陡峭的沙丘頂端。

結果見到與先前略有不同的景致。

「沒有沙丘了？」

「一整片都平的耶！」

眼前是毫無起伏的沙漠。

一座沙丘也沒有，若不是夜間時分，可以直接望見彼端有些什麼吧。

「就往這邊走吧？」

「好哇好哇！這邊好走多了。」

兩人取得共識後就溜下沙丘繼續向前走。

「白天的話說不定能看到些什麼喔。」

「就是說啊。活動還剩幾天啊？」

「剩三天。接下來總共要蒐集九枚銀幣。」

「嗯……還滿困難的耶？」

「不打玩家的話很困難吧。」

「嗯……這樣啊。」

如果非這麼做不可，那也只好列入考慮，不過外表看不出來誰有銀幣，難度和探索地城不相上下。

「反正，這種事可以等遇到玩家再說。如果人家來打我們，我們當然就是打回去。」

「嗯，也對。到時候再說！如果真的收集不到，也只能摸摸鼻子了。」

莎莉以自身經驗舉了效率好的方法，但沒有強迫梅普露。

她只是提出一個在必要時能用的手段罷了。若沒有不同選項來比較，也不知道哪種效率好。

兩人在廣大的沙漠中不停地走。

雖然黑暗使她們看不清前方，逐漸增強的樹葉沙沙聲，表示沙漠的盡頭就要到了。

「不曉得會跑出什麼怪物，小心點喔。」

「ＯＫ～！」

兩人進入黑暗的森林三十分鐘後。

發現了一座洞窟。

「進去看看吧。如果不深，就拿來當營地。」

「我先走喔。」

原以為搞不好又是個深邃的洞窟，結果只有約五公尺深，裡頭空空如也。

兩人總算能夠休息，就地躺下。

「啊……今天累死我了。」

「我也是……」

她們叫出各自的寵物。

除了療癒疲憊的心之外，也是因為今天沒什麼機會放牠們出來走走，有些過意不去。

「對不起喔，不能讓你們出來玩。」

「等活動結束以後，我一定會認真帶你們去升級。」

兩人這麼說並溫柔地撫摸，兩隻小寵物都顯得好開心。

「明天從探索這座森林開始，今天就這樣了吧？」

「我沒問題。」

決定守夜班次以後，兩人早早就睡了。這天要盡可能休息才行。

抱著糖漿和朧，墜入夢鄉。

◆□◆□◆□◆□◆

翌晨六點。

疲勞消退許多，探索欲也回來了。

簡單吃點早餐後，梅普露和莎莉離開洞窟開始探索森林。

兩人叫出糖漿和朧，帶在身邊走。不只是朧，糖漿也緊緊跟在主人身旁。

「…………」

「莎、莎莉妳幹麼？一直看我……」

「糖漿真的比較快耶。」

梅普露發現莎莉為何交互看著她和糖漿，急忙把糖漿抱起來。

對於這樣的反應，莎莉只是笑咪咪地沒說話。

兩人至今探索過好幾次森林，而這座森林也是普普通通。

搜了約兩小時，什麼發現也沒有。

「不知道是不是有特殊條件……」

「我們就直接離開這座森林吧？」

莎莉稍微想了想，最後點頭答應梅普露的提議。

「要走哪邊？」

「回頭也沒用，繼續前進吧。不可能都被別人翻完了吧。」

兩人都是從深處開始找起，說不定在森林出口附近會有發現。

可是機會恐怕很低。

不管是地城還是野外，重要物品經常是藏在深處，有強力怪物保護。

基本上不太會把裝銀幣的寶箱故意擺在出入口附近。

接近森林出口時，兩人都察覺一件事。

「海浪的聲音？」

「嗯，我也聽到了。」

她們凝望森林的盡頭，發現另一邊是白色的沙灘和雄偉的海洋。五彩繽紛的魚群悠游在清澈的海水中，珊瑚有如盛開的花叢妝點海底世界。

遠處有一座小島。

海水映照著陽光，閃閃發亮。

「喔……這次是海呀……活動場地真的好大喔。」

「種類好多好好玩喔！」

這五天下來，兩人已經探索過草原、森林、雪山、溪谷、沙漠和洞窟等多種地形。

現在還能再遇到新地形，表示這個場地很有得逛。

她們會經歷這麼多環境，主要是因為她們熱衷於探索。

每天都花好幾個小時在探索上，讓她們能夠發現新的地城或地形。

那些地城都還沒被其他人攻破，純粹是因為她們運氣好吧。

「話說……我沒辦法到海裡探索耶。」

「那我就自己先下去看看吧。」

「嗯，麻煩囉。」

莎莉嘩啦拉地走進海水，吸飽了氣就撲通一聲潛下去。

她潛水時間可達四十分鐘。

暫時不會上來吧。

「找件事來做好了……我也釣不了什麼魚……森林也搜過了……嗯……來找找看有沒有東西埋在沙灘裡吧？」

梅普露說完就動手挖起沙灘來了。

◆□◆□◆□◆□◆

場景來到海中，莎莉發現一群有如寶石的魚。

那畫面就是這麼地美。

尤其是之前看了那麼久黏涕涕的蝸牛，看起來實在美到不行。

然而現在不是望著美景發呆的時候，莎莉繼續去窺探珊瑚之間，摸摸沙底下是不是有東西。

若沒有相關技能，在海裡搜索非常耗時。不過以莎莉的技能組成而言，可以找得迅速確實。

「噗哈……！好，找到一枚銀幣了！是不是同時有【潛水】和【游泳】的人真的很少呀？深的地方好像沒什麼人找耶。」

沒必要撐到快沒氣，所以莎莉先出水換口氣再往下潛。

珊瑚縫隙有幾處相當深，像剛才的銀幣就是在這種地方找到的。

於是莎莉先將重點放在這裡。

畢竟銀幣和裝備本來就大多藏在這種地方。

淺灘很容易已經被人搜過一遍，不如先找深處。

結果就是又找到了一枚銀幣。

「呼……再來……去那座島？」

莎莉向島游去。

島位在梅普露實在過不來的位置，小小一個。除了中央有段向下的階梯外，就只有一棵椰子樹。

「現在……先下去看看吧。」

莎莉小心走下階梯。

大概下了一百級，才總算見到一扇木門。

沒有釘封，也沒有上鎖，更沒有魔法陣浮現其上。

莎莉謹慎地開了門。

並為門後景象大吃一驚。

裡面是個漂亮的半球形空間。

有個眼熟的老舊祠堂和魔法陣佇立在中央。

「唔啊……又有這種的喔……」

莎莉仔細察看魔法陣和祠堂後喃喃地說。

「這種」當然是指怪鳥。老實說，莎莉很想避免對戰那種程度的怪物。

「總之先回去……問問看梅普露的意見吧。」

莎莉登上階梯，返回地面。

她先前的注意力全放在潛水上，從沒回頭望過沙灘一眼，現在才注意到那裡的狀況。

「梅普露……在搞什麼啊……」

從小島上也看得很清楚。

那裡堆起了遠比梅普露還要高的沙堡。

「總之……先回去吧……」

莎莉啪刷一聲跳進海裡，趕回沙灘。

「哇……近看更大……」

有莎莉兩倍高。

裡頭傳來陣陣嘻笑聲。

從門口處往內一探，發現梅普露和一個少年在裡面玩。

少年有頭紅色捲髮，戴著黑桃形的耳環，皮膚偏白，眼睛和頭髮一樣火紅，比梅普露高一點點。長相中性，身材細瘦。

在莎莉看來，他除耳環以外全身都是新手裝。

最大的特徵是沒有裝備武器。

塔盾、劍、法杖，全都沒有。

怎麼看都是空手。

而這個莎莉從未見過的人物，正在和梅普露玩黑白棋。

「啊～！不要啦！」

「好，全滅～」

整盤都是白色。

梅普露選的是她心愛裝備的顏色。

也就是黑色，然後慘敗。

懊惱的梅普露注意到莎莉出現而站起。

「回來啦，莎莉！」

「咦，對啊，嗯。先不管那個……他誰呀？」

「我叫做奏，之前都在和梅普露一起堆沙堡。」

奏說完又轉向梅普露。

「很好玩對不對～」

「對呀～」

莎莉忽然覺得他們有點像。

可能是思考模式很接近，一拍即合了。

「真的沒問題嗎？」

「我覺得沒問題呀。是吧，小奏？」

「是啊，我只有5級耶？不是炫耀，我真的很弱喔？」

說完，奏向莎莉展示屬性。

的確只有5級。

「這、這麼隨便就給我們看，沒關係嗎？」

「沒關係沒關係～妳是跟梅普露組隊的莎莉吧？那還有什麼關係。」

莎莉不曉得她出海探索的期間出了什麼事，不過梅普露看起來很信任他。

反之亦然。

於是莎莉在梅普露的猛推下，和奏互加好友。

梅普露和奏當然是早就加了。

「嗯……叫我莎莉就好。既然梅普露說沒關係，那我就沒關係啦。再說……」

「再說什麼？」

「就算他打過來，我們都能輕鬆打贏吧。」

莎莉說著亮了亮匕首。

「我、我發誓絕對不會亂來，嗯！」

接著莎莉不管奏也在場，提起先前的地城。

「呃……不太想去耶……」

「我也是。可是裡面也不曉得有什麼……有一試的價值。」

「嗯……這樣啊。」

不知如何是好的兩人默默思考，最後是奏打破沉默。

「那就讓我去看吧。我的起點離這裡大概只有一百公尺。」

奏的提議是以自殺為前提。

兩人認為不需要這樣，可是奏已經跑走了。

啪刷啪刷划水的身影逐漸變小。

「他有【游泳Ｉ】……應該是游得到啦……」

「真、真的沒問題嗎？」

「我也不曉得……」

兩人望著奏游上小島，猜想地城裡會有什麼。

「妳覺得呢？」

「會不會有很厲害的怪物啊……」

「像那隻怪鳥一樣？」

「對對對！」

不過這充其量只是猜測，傳送以後見到的說不定是堆滿金銀財寶的房間。

「如果是寶藏，會不會被奏全部帶走呀？」

「嗯……？應該不會有這種事啦。」

梅普露把手遮在額頭前方，凝視遠方小島。

財寶當前也不帶走的人，應該是少數吧。

傳出房間以後會到哪裡也無法預測，想追也無從追起。

「啊～死翹翹了。」

這時，奏從森林跑了出來。

即使不聽他回報，兩人也知道裡面怪物恐怕很強。

因為這情況和怪鳥當時很像。

「梅普露大人，小兵前來回報。」

「喔喔，情況怎麼樣？」

不知道他在演哪齣，然而莎莉也常這樣玩，沒立場說人家。

「一傳過去就在水裡面，泡在水裡動作又變慢，什麼辦法也沒有就被巨大的烏賊打扁了。」

「這樣啊……打不贏！」

梅普露無法參加水中戰，況且全身就像是包在莎莉的【大海】裡面，根本無法迴避。

強行挑戰只是白費力氣。

魯莽並不等於勇敢。

「這次就放棄吧。」

「我也覺得放棄比較好。」

「再搜一下海底就收工吧。」

莎莉伸伸懶腰，望向大海。

應該還有一些沒搜過的地方吧。

「我也來幫忙吧？銀幣給妳們也沒關係喔？」

雖然是零風險高報酬，這麼便宜的事還是很難讓人相信。

「小奏，你認真的？」

「是啊，我有這個就夠了吧。」

奏跟著取出的是一個魔術方塊。

「那是什麼？」

「這個啊，是我在事件裡得到的戰利品喔。後面的森林裡，有通到周圍天上那些島的魔法陣……不過被我打過以後，已經不見了。總之，這是我在那裡拿到的法杖。」

「那個魔術方塊是法杖？」

「對。我被傳到一個很老的圖書館……其中一個房間有拼圖，拼完以後就給我這個。花了我四天就是了。」

遊戲場地四面環海，天上還有幾個浮島。

「所以其中一個有圖書館啊……原來那裡也在場地範圍之內呢。」

梅普露望著天空喃喃地說。

這些飄在空中的浮島距離相當遠，看得見的共有六座。怪鳥所在的山岳遮擋了視野，兩人無從得知正確數字。

奏所獲得的魔術方塊散發著淡淡的白光，飄在他掌上。

「這還有附帶技能喔。」

「咦……感覺跟我們的裝備很像嘛。」

「技能叫做【神界書庫】（Akashic Records），很好玩喔。」

「怎樣好玩？」

奏原想回答，但臨時改變心意而這麼說：

「等妳跟我組隊以後，我再告訴妳。」

見到他戲謔的笑容，梅普露知道再問下去也沒意義。

「嗯……現在跟你組隊可能不太方便……」

「這樣啊，真可惜。」

奏笑嘻嘻地說。

臉上沒有半點遺憾。

奏與她們至今遭遇過的玩家不同，有種難以捉摸的獨特氣質。

「等活動結束以後，我們再一起玩吧～」

「好哇。再來玩黑白棋吧！」

「嗯，那當然。」

「既然都講好了，我要去找銀幣囉？」

「我也去，可能會幫上一點忙喔？」

莎莉和奏走向海中。

從現在起，梅普露要認真搜尋這片沙灘。

結果什麼也沒有。

大致搜過海底和沙灘一遍以後，沒有發現其他特別的東西。

也就是說，兩人在這區域能做的事已經都做完了。

於是她們告別了奏，繼續找下一個探索地點。

「要加油喔～！」

「嗯，改天見。」

三人互相簡單道別。

「這個人好特別，滿好玩的。」

「是喔？我是已經很習慣跟妳相處，沒特別感覺啦……」

「妳、妳什麼意思啊啊啊！」

兩人決定姑且先沿著海岸線前進。

因為她們認為這樣不會迷路，是目前最好的選擇。

◆□◆□◆□◆□◆

與奏分開後又走了兩個小時，坡度逐漸升高，左側已經成了斷崖。

右側陪伴了她們好一陣子的森林也消失不見，出現一座布滿青苔的古老石磚廢墟。

看起來就是會藏東西的地形。

從廢墟延伸出來的石磚道橫過兩人面前，一路通往伸向大海的崖頭。

那裡立了幾塊大石，包圍著中央的台座。

兩人在廢墟中翻找破屋和枯井時，忽然聽見人聲。

「梅普露，躲起來。」

「知道了。」

她們躲起來觀察狀況。

外面有三名玩家。

與過去的玩家相比，裝備看起來算是中上水準。

儘管遠不及獨特裝備，也已經夠精良了。

莎莉猜想他們也有相應的等級。

距離已經很近，要是不小心弄出聲響，對方一定會發現。

「怎麼辦？」

梅普露湊到莎莉耳邊小聲問。

對方耳力應該沒有好到這樣也聽得見，莎莉也同樣地回答梅普露。

「打也可以，不打也可以……如果要打，可以我一個人上，或是我們一起上。」

看來莎莉沒有讓梅普露單打的選項。

這時，那些玩家說出了令人很感興趣的話。

「喂，你知道那本書在寫什麼了嗎？」

「還沒。書太破了，句子都斷斷續續，看不懂……只知道跟水有關，可是關於【遠古心臟】就……」

「拜託啦。書是死掉就會噴的特殊道具……早點解讀出來比較保險。」

「我知道啦。」

三人這麼說之後就走掉了，可能要回他們的據點。

似乎沒注意到梅普露和莎莉的存在。

愈走愈遠。

「梅普露，我想打倒他們……可是他們有死了會掉的書，恐怕會拚命逃跑，所以

——」

莎莉在梅普露耳邊迅速講解作戰計畫。
「……知道了，沒問題吧？」
「呵呵呵，那當然！」
玩家們逐漸遠離。
再丟著不管，遲早會跟丟。
於是兩人開始行動。

◆□◆□◆□◆□◆

「好耶～！第五枚銀幣！」
廢墟中響起少女的歡呼。
聲音使三名玩家回過頭，躲起來察看。
若真的有銀幣，當然是能搶則搶。
不過他們還不了解對方的強度。
所以先躲起來看看情況。
不久，一名少女從破屋後頭小跳步地跑出來。

她臉上堆滿笑容，裝備是像海一樣藍的圍巾，還有深藍色的短褲。亮眼的裝備想不惹人注意也難。

但她也不是全身都這樣。

其他裝備都是新手裝。

什麼也沒裝備，就只是普通衣服。

一點屬性也沒加吧。

鞋子也看得出是新手裝。

「怎麼樣。」

「大多明顯是新手裝，只有幾件比較好……大概是這次活動裡打到就穿起來了。我剛玩的時候也是這樣呢，有什麼穿什麼，東拼西湊有夠醜……」

「可是……還不曉得她是不是真的有銀幣。」

在玩家們的觀察下，少女操縱遊戲面板，從道具欄拿東西出來。

整整是五枚銀幣。

「呵呵呵……剩一半剩一半！」

她每天都會這麼做吧。

坐在圮倒的石磚上，一枚枚地欣賞銀幣，最後緊緊握住，笑嘻嘻地收進道具欄。

「確定有了，我們上。」

「好，幹掉她。」

三人跳出藏身處而將少女嚇了一跳，往那看去。

她站起來亮出匕首，慢慢後退。

「做、做什麼？」

「抱歉啦？我們也很想要銀幣。」

「……………！」

少女想跑，但三人立即包圍了她，封阻她的去路。

玩家從三方向步步逼近，少女束手無策，只能雙腿發抖地看來看去。

「上！」

「「喔！」」

三人揮出各自的武器。

少女再想掙扎也不可能用匕首彈開他們的攻擊，武器砍進少女的身體。

此刻三人心裡全是銀幣。

然而。

那裡沒有銀幣。

少女彷如幻象似的淡去，消失無蹤。

「「「啊？」」」

其中一名玩家身上還迸出傷害特效，彷彿要掩去他們的驚愕。

而且接二連三。

還沒回神，就被砍了好幾刀。

最後要了他的命。

「抱歉喔，我想要那本書。」

三人以為弱小而覬覦的少女，現在卻這麼說著，要拾起掉在地上的書。

「啊？開、開什麼玩笑！」

一人為這不敢置信的狀況而失去冷靜，使出技能殺過來，但劍卻似乎主動避開她似的，被她輕易躲過。

少女雙手各握一把匕首。

且在閃身中斬過對方揮劍的手。

「呃啊！」

在對方縮身之際，少女撿起書，放進道具欄就跑。

「站、站住！」

拖著傷害特效的男子立刻追上去，但緊接著腹部也迸出了噴血般的特效，化為光而消失。

跑走的少女不知何時失去蹤影，在男子倒下的位置耍弄匕首。

「連續上同樣的當不太好吧？」

「啊？咦？是、是怎樣……」

最後一個還無法進入狀況，茫然地喃喃自語。

在這種狀態下。

想戰勝少女——莎莉，當然是不可能的事。

「拜拜。」

不久後，最後一人也化為光消失了。

莎莉不曉得他們的起點在哪，但能確定他們已經不可能取回那本書了。

「既然打不贏我……就打不贏梅普露了。」

梅普露跑到莎莉身邊。

「怎麼樣，幹得很漂亮吧？」

「嗯！妳這樣感覺跟平常不太一樣，滿有意思的耶！」

「不用注意那種地方啦！」

「再來一次好不好！就是大叫『好耶～！』然後小跳步那邊！」

「我才不要！不要！別鬧了，來看戰利品吧？」

「……這次先放過妳～」

「……真是謝謝妳喔……做平常不會做的事真的很害羞耶。」

莎莉暗自下定決心，除非事關重大，不然再也不會這麼做。

兩人開始動手檢查這次到手的東西。

◆□◆□◆□◆□◆

這次的戰利品有兩樣。

首先是頭號目標的那本書，然後附帶三枚銀幣。

可說是非常幸運。

手上有三枚銀幣的玩家，應該會盡可能避免與高等玩家戰鬥。

如果莎莉穿的是普通裝備，可能就被他們溜了。儘管他們或許不是全都看得出來，但莎莉的裝備散發著與商店貨不同的感覺。

而且五枚銀幣比他們的三枚更多，更是奪走了他們的冷靜。

銀幣一口氣變成近三倍的誘惑，應該很難有人能抗拒吧。

「結果偷雞不著蝕把米啦。」

莎莉說到這，從道具欄取出那本古書。

「好，來翻翻看吧。」

「嗯！來看來看！」

兩人找個大石磚坐下，翻開書本。

書破損得很嚴重，每一頁都很難閱讀。翻了一會兒，只有一頁有比較能讀的段落。

「【遠古心臟】將於湧泉引導下現於微光之中。勇士啊，深入寧靜滄海，驅逐邪惡吧。」

「什麼意思？」

「【遠古心臟】跟湧泉有關……滿足條件的話就能到地城去吧？好像有戰鬥的感覺。」

「……這個湧泉嘛……會是噴水池嗎？」

兩人搜查後發現，廢墟中共有四座噴水池，一大三小。

大的位在廢墟中央，其餘的分布在周圍一小段距離外。

噴水池頂端都有菱形的紅色水晶閃耀著燦爛光輝。

可是很顯然，池中一點水氣也沒有。

「總之我們從中間的大噴水池開始試吧。」

「嗯，就這麼辦。」

稍走片刻，兩人來到大噴水池。

莎莉靈機一動，跳進過去應是蓄滿清水的池裡。

「【大海】！」

海水從莎莉腳邊噴湧而出。

很快就填滿水池。

接著，水池發出淡淡的藍色光輝。

「喔喔！」

「怎麼樣？」

可是光輝隨即淡去。

滿池的水也被吸乾般消失了。

莎莉豎耳聆聽，但沒有任何東西在運作的聲響。

「嗯……什麼都沒有？」

「……好像是耶。不過我覺得噴水池一定有機關。」

「嗯，我也這麼想。試試其他池子吧。」

兩人也對其他噴水池作同樣實驗，而每座都是發了一下光，沒有更多變化。

「微光指的就是噴水池的光，湧泉的話那樣就行了吧……」

想來想去，也想不到其他點子，於是兩人先放下這問題，回去翻剩下的頁面。

「喔？」

「這是……畫？」

最後一頁。

儘管破破爛爛，仍看得出是幅圖畫。

「這是壺？……喔不，水瓶？」

有許多人在四座噴水池周圍擺放類似壺的器物，還有個圓形物體飄浮在畫的頂部，塗成紅色。

「這就是【遠古心臟】？」

梅普露指著紅球問。

「……說不定喔。嗯……會不會要放在水瓶裡再擺在周圍呀？不曉得耶……」

即使苦思得咿咿唔唔，這幅圖給的資訊仍太過模糊，激不出好點子。

「先休息一下吧，這樣硬想恐怕也想不到什麼。」

「說得也是。」

兩人在廢墟中央坐下來休息。

與其亂躲，不如待在視野好的地方比較容易發覺玩家接近，更有助於放鬆。

「扣掉今天，這場活動只剩三天了呢……」

莎莉低語道。

活動時程早已過半，所剩不多了。

「我覺得這四天真的發生好～多事喔，搞不好比之前全部加起來還多喔！」

「哈哈哈，真的。」

兩人打倒哥布林王，在亡靈四處遊蕩的森林過了一夜，上雪山打倒強度爆表的怪鳥，獲得糖漿和朧兩個小伙伴，進竹林探險。

然後在溪谷與冒牌貨戰鬥，在沙漠和霞一起探索地城，還要被蝸牛追得到處跑。

在海邊遇到奏，為人際關係寫下新的一頁，還得到銀幣。

梅普露說得沒錯，兩人在活動期間真的過得非常充實。

「如果能搜完這個廢墟……再加上一個地城，就功德圓滿了吧。」

「要把第五天都用在廢墟嗎？」

「嗯，就當作是這樣吧。說不定真的會需要這麼久喔。」

休息得差不多後，兩人再度搜索廢墟。

她們不時分頭，鉅細靡遺地搜，結果什麼也沒找著。一晃眼，就快日落了。

「怎麼辦？要再多找一下嗎？」

「說不定會隨時間變化……考慮到明天，我們就輪流休息跟探索吧。」

「ＯＫ～！就這麼做吧。」

兩人就此輪流搜查，到了不知第幾次的梅普露班次時——

「我去找囉。」

「嗯，希望這次有發現……」

梅普露開始在廢墟內探索。

首先從大噴水池開始。

過去每一次也都是從這裡開始。

繞過一圈以後，再接著檢查小噴水池。

途中她仰望夜空說：

「月亮好美喔……」

懸在空中的滿月靜謐地向地面灑下淡淡柔光。

現實世界到處都充滿電子霓虹，對月光的感受不會這麼強烈吧。

梅普露沿路走向大噴水池。

「嗯？」

途中不自禁地停下。

因為她們守候已久的變化終於出現了。

即使什麼也沒做，大噴水池也發出了微微的光。

◆□◆□◆□◆□◆

梅普露用私訊功能叫來莎莉。

不到一分鐘功夫，莎莉就趕到噴水池了。

「喔……在發光耶。」

「嗯，感覺會有別的變化。」

莎莉進入池中施放【大海】。

「光有變強……可是還是不行耶。」

【大海】全被吸乾了。

當莎莉為沒有進展而氣餒時，一旁思考的梅普露突然有個點子，說出想法。

「那麼……同時灌水呢？妳看嘛，全部有四座噴水池呀。」

「是沒錯……不過，我來不及一次灌那麼多。用【超加速】也來不及。」

「反正照現在這樣也沒辦法……死馬當活馬醫嘛。」

「咦？怎麼醫？」

「能製造『液體』的不是只有妳喔。」

梅普露跟著說出她的點子。

「咦……這、這樣啊。嗯……也對。能試的都試試看吧。」

莎莉再度進入池中使用【大海】。

在那前一刻，梅普露喊道：

「【毒龍】！」

沒錯，毒液也是液體。

同時毒龍有三個頭。

三個頭分別往小噴水池衝去，用滿滿唾液的大口吞下整個池座。

雖然這樣的手法有點粗簡，但神似乎是站在她們這邊。

「哇！」

「好刺眼喔……！」

三座噴水池往大噴水池射出炫光。

大噴水池的光逐漸增強，紅色結晶的部分升向天空。

結晶匯聚月光而更顯光亮，最後迸灑紅光而爆裂。

「嗯……？」

「怎、怎麼了？」

兩人緊張地查看四周時，背後冷不防傳來轟隆聲。

響徹安靜廢墟的巨響嚇得兩人趕緊回頭。

「什、什麼聲音？」

「妳看……！」

大噴水池所在的廣場有條曾經繁華的中央幹道。

一路通往海角崖邊。

末端是台座與立石。

但現在望見的，卻是輝耀白光的不明物體。

剛才的巨響是台座與立石崩垮的聲音。

兩人上前檢視白光，發現那是這場活動中出現多次的魔法陣。

她們小心翼翼地檢視立石，以免誤踏魔法陣，不久發現一件事。

「哇……」

「好、好可怕喔……」

底下的海面竟然裂開了，出現一條好長好長，深不見底的黑暗隧道。

「那下面有東西吧……」

「是啊，應該有吧。梅普露，要跳下去看看嗎？」

「不、不行不行啦！好可怕喔！」

現在是深夜時分。

夜海就已經夠恐怖了，即使梅普露不會摔傷，也沒有勇氣跳進這之中更陰森的部分。

「那麼……踩踩看魔法陣吧……八成是通到那個洞底下。」

「這都是通往沒人探索過的地方吧？」

「嗯。」

兩人一起倒數計時，同時跳進魔法陣。

和過去一樣，兩人都化成光點消失了。

「這是哪？」

「莎莉？好暗喔，什麼都看不見……」

「等我一下喔？」

莎莉從道具欄取出提燈照亮四周。

「這裡是……海底下？」

「……啊！妳看上面！」

順梅普露的叫聲抬頭一看，見到的是一小塊星空。

「看來就是那個洞底下沒錯。」

「前面還有路喔。」

那是條整齊削空半圓形通道。

牆壁全由海水構成。

某種力量撕裂了海底的水，構成這條隧道。

「趕快過去吧，要是它變回去就完蛋了。」

「嗯！說得對。」

兩人在黑漆漆的海底隧道快步前進。

若是白天，這裡的景致一定是美不勝收，然而事件只限夜間發生，什麼也看不見。

也許是黑暗之中只有提燈一個光源令人不安，兩人下意識地牽起了手。

「啊！前面有光！」

「真、真的耶！」

兩人加快腳步往光源前進。只見光愈來愈大，抵達時已經比她們還高了。

光，是由海而來。

只有那片海域沒有日夜變化，明如白晝。

魚兒悠游其中，還發出噗咕噗咕的冒泡聲。

這片彷彿能驅散幽暗深海的海域，使兩人因黑暗而不安的心情豁然開朗。

中央，有一段貫穿這海域的珊瑚階梯。

階梯頂端是由各種珊瑚裝飾的巨大門扉。她們已經看過很多次這樣的門，門後肯定是魔王房不會錯。

「要【驅逐邪惡】是吧……準備好打王了嗎？」

「嗯！隨時能上！」

梅普露舉起塔盾，表示一切就緒。

莎莉做個深呼吸，推開了門。

「梅普露，裡面是很亮的半球形空間。或者說，跟這裡感覺差不多。」

「喔喔喔。」

「再來……很大。直徑……大概有五十公尺。頂也很高。」

「所以……魔王很大隻嗎？」

房間大，猜想魔王也大並無不妥。

「地上目前都是乾燥的時候……看起來不像有陷阱。」

「ＯＫ……那我們走吧。」

「進去囉！」

「嗯！」

兩人衝進房間。

梅普露放下塔盾，以免誤用【暴食】。

房中如莎莉所判斷，沒有陷阱，也沒有會消耗【暴食】的噴灑性攻擊。

「…………！來囉！」

「嗯！」

嘩啦一聲巨響，許多觸手從房頂伸來。

接著兩人發現，那是烏賊的觸手。

「之前那個地城的烏賊？」

「可是這裡沒有水耶？」

巨大烏賊無視兩人的驚訝，繼續攻擊。

粗如兩人身高的觸手向梅普露掃來。

「沒……沒有用！」

塔盾大口吞噬了一條觸手，但躲得遠遠的烏賊本體血條似乎沒減。

不是ＨＰ多。

而是根本無效。

「可能要攻擊本體才會扣血喔！」

「咦咦！」

「這下……麻煩了……」

莎莉往她們頭頂上游動的烏賊瞥一眼，並如此嘟噥。

烏賊毫不在乎她說了些什麼，要從安全範圍攻擊她們。

第十章　防禦特化與打烏賊

戰鬥開始已有三十分鐘。

「現在……該怎麼辦呢……」

「莎莉！想到辦法了嗎？」

「嗯……還沒～」

莎莉呆立著思考。

能這麼做，是因為觸手從第一擊開始都只打梅普露一個。

那巨大的烏賊觸手就這麼啪啪啪地打在她身上。

「妳的防禦力……還是一樣扯耶……」

打在普通玩家身上不是瀕死就是當場身亡的攻擊，對梅普露而言跟兔子撞沒兩樣。

現在梅普露就像個沙包，被觸手在空中拍來拍去。

「梅普露～！我先游到烏賊附近看看喔～！」

「嗯，小心點喔～！」

莎莉也試過以風魔法攻擊，不過在厚厚的水體阻隔下，根本打不中躲得遠遠的烏賊本體。

她們也曾考慮過將【毒龍】打進水裡毒死烏賊，可是一旦失敗，莎莉就再也進不了水中，真的會束手無策，所以當作是最後的手段。

莎莉一路游向烏賊。

當然，不是所有觸手都在攻擊梅普露。

還有一些留下來攻擊試圖接近的人。

而它們自然襲向了莎莉。

「喔喔……莎莉果然厲害……」

被觸手打得飛來飛去的梅普露，抬頭見到莎莉靈巧地閃避觸手，不斷接近烏賊本體。

「喔！HP往下掉了！」

梅普露一邊挨打，一邊注視莎莉的匕首在水中纏繞金燦燦的特效，在巨大烏賊身上猛劃一刀。

「嗯？HP比想像中少很多耶……」

莎莉連續放了五次攻擊技能，就讓血條掉了約一成半。

「嗯？」

觸手忽然停止攻擊，梅普露鏗鏘一聲摔在地上。

莎莉對本體造成傷害，使得觸手的攻擊對象改成她了。

她也發現了這一點，急忙游回去。

無論她再怎麼會躲，觸手的攻擊範圍實在太大，避無可避。

要是那些粗大的觸手一次全掃過來，肯定是不堪一擊。

「噗哈……！」

「【衝鋒掩護】！【掩護】！」

梅普露沒有在這裡使用【暴食】。襲向莎莉的觸手全被鎧甲擋下，霹靂啪啦地響。

「【毒龍】！」

烏賊用以攻擊的八條觸手頓時遭到毒龍吞噬。

想用毒龍攻擊速度比怪鳥慢得多的巨大烏賊，不需要想太多計畫。

牠根本就來不及躲。

「不過牠會再生就是了。」

不管消滅幾條觸手都對ＨＰ沒有影響，而且會重新長回來。

但那也不是沒有意義，烏賊的注意力又回到梅普露身上了。

「莎莉，觸手交給我！」

「謝啦！靠妳囉！」

莎莉再度跳進水中。

當莎莉造成傷害，梅普露就承受對方的攻擊。

一旦攻擊對象轉為莎莉，她就回到梅普露身邊，讓烏賊的目標轉回梅普露。

直到行為模式改變前，要持續這麼做。

這招當然是用不到最後。

莎莉將血條削到剩七成時，行為模式改變了。

烏賊周圍出現魔法陣，釋出魚群。

那無疑都是怪物。

魚同時朝她們倆接近。

攻擊梅普露的觸手再度改變目標，收回水中。

「……在空中也能游耶。」

梅普露的位置並沒有水，魚群卻照樣跳出水中，帶著藍色特效在空中游動。

這樣的畫面雖然很夢幻，但這些魚都是怪物，沒餘暇為美景感動。

魚群從四面八方朝梅普露撞過去了。

「嗯……【麻痺尖嘯】！」

清脆的金屬敲擊聲奪去魚群的自由，讓牠們紛紛摔落地面。

巨大烏賊和水中的魚不在攻擊範圍內，並未麻痺。

「這個真的很好用耶！」

「呼啊……！總算躲掉了！」

莎莉啪刷地跳出水來。

剩下的魚群和觸手當然是緊追在後。

莎莉說自己躲掉了，是因為有梅普露在。

梅普露附近等於是絕對的安全範圍。

「梅普露！」

「ＯＫ～！」

梅普露抽出剛收回鞘中的新月。

刀身布展紫色魔法陣。

那是梅普露已用過無數次的最強攻擊，也是她的最愛。

「【毒龍】！」

毒龍將蜂擁而來的魚群全數溶解，甚至吞噬了其後伸來的觸手，然後——

噗通一聲衝進水裡了。

「「啊！」」

從頭到尾衝進水裡的毒龍逐漸溶解。

水看起來還變成了淡紫色，應該不是錯覺吧。

兩人都不曉得莎莉現在下水會不會出事。

「怎、怎怎怎麼辦啊！」

「怎、怎怎怎麼辦？」

「對、對了！烏賊！先看烏賊的血條！」

盯了一會兒，血條也沒減少。

溶化的觸手開始復活。

麻痺的魚群也帶著藍色特效飄上空中。

還來了另一批的魚。

「莎、莎莉，總之妳先跑再說！」

「我邊打魚邊跑！」

「真的對不起！」

魚群一批又一批。

八條觸手又連番襲來。

而且魚群的攻擊手段不只是衝撞，還灑出了與藍色特效同色的水。

「梅普露！那說不定跟我的【大海】一樣喔！」

莎莉覺得魚群噴灑的水跟她的技能【大海】一樣，碰到以後【AGI】就會下降而警告梅普露。

「已、已經潑到了啦！……動作……沒變慢？」

「對、對喔！妳【AGI】本來就是0，不會再掉了！喔不，也有可能那只是普通的水……不、不管了啦！」

梅普露的低階失誤使安定的循環垮得一點痕跡也不剩，地上有毒液和不明液體，空中有飛來飛去的魚群和霍霍揮掃的觸手。

梅普露被當沙包打來打去。

兩人在這樣的狀況當中大呼小叫著討論下一步，場面混亂得可以。

◆□◆□◆□◆□◆

「就那樣吧！事到如今只能加強水裡的毒素了！」

「那……我用【暴食】吃掉觸手喔！」

「儘管上！」

梅普露的【暴食】大口大口地吞噬觸手。

每一次都讓盾牌表面多一顆紅色結晶。

這是最後的ＭＰ補給了。

「烏賊交給梅普露，我先加減打掉一些魚吧。」

莎莉像平常一樣四處奔竄，用打帶跑的方式應付魚群。

至於負責應付烏賊的梅普露則是——

「好……希望會順利……」

梅普露接近水牆。

先前清掉了觸手，可保一小段時間的安寧。

魚群無動於衷，依然不斷攻擊梅普露。
「喔……近看還滿可愛的嘛。」
梅普露向魚伸手，魚跟著碰碰碰地往她手上撞。
她一臉笑呵呵的樣子，讓這個被魚群攻擊的場面看起來就像和魚兒玩耍一樣。
「稍微離遠一點比較好喔？」
梅普露將新月刺進水牆。
「【毒龍】！」
沒有特別瞄準，就只是將毒龍放進水中。
當然，毒龍很快就在水中溶解，沒有對烏賊造成直接傷害。
「我要把美麗的大海——變成毒海！」
這片水域相當廣，還需要灌好幾次。
不過水色的確是愈來愈紫了，表示毒液更濃了些。
「趕快離開牆邊，不然被觸手打進去就慘了。」
梅普露跨越魚噴灑的水和自己製造的毒液，返回房中央。
因為【毒龍】要等一段時間才能再次使用。
這段時間，觸手也再生了。
莎莉已經很久沒攻擊過烏賊，烏賊的目標當然是梅普露。

「隨便你啦……愛怎樣就怎樣！」

梅普露直接躺在地上。

反正逃跑也只會變沙包，抵抗純粹是白費力氣。

「喔？」

一躺到地上，觸手就從上方啪啪啪地打。

和站著不一樣，不會被打上空中了。

「這不錯！不錯喔！」

「哇……她又在做超扯的事了……」

莎莉依然被魚追著跑馬拉松，兩邊是半斤八兩。

再繼續灌了幾次毒以後。

兩人發現烏賊的ＨＰ開始有些許減少。

「開始扣血了！」

「嗯，好像是，不過……」

血條隔了好長一段時間才再度往下掉。

竟然需要五分鐘，而且只掉一絲絲。

要這樣等到烏賊HP扣光也未免太辛苦了點。

「加油！」

「嗯！加油加油！」

又擊出幾次【毒龍】以後，HP下降速度開始明顯加快。

過了約一小時，總算削去了一成。

烏賊HP還剩六成。

若不能再加快，得再花六小時。

「【毒槍術】！」

【毒龍】已經耗盡，梅普露使用其他技能盡可能加快速度。

「要再跑六小時實在是……」

「怎麼辦……」

想來想去，就是想不到瞬時改變現況的辦法。

耗著耗著，一個小時就過去了，烏賊剩五成HP。

「哇！」

梅普露就躺在水牆附近，所以很快就發現異狀。

水體領域變大了。

牆開始靠近，頂部也往下降。

當它們停止時，兩人所在的區域已經只剩一半大。
而且烏賊開始吐墨，讓人看不見牠的蹤影。
在水中已經很難行動，現在視力還遭剝奪。若是正面進攻，這段時間肯定很難熬。
但她們的打法與正面進攻八竿子打不著，一點影響也沒有。

「梅普露！【暴食】還剩幾次？」
「最後一次！」
「……留給我！」
「收到！」
水變得更近，魚群的補充也加快了。
換言之，莎莉會變得更不容易逃跑。

「【嘲諷】！」
既然逃跑不易，梅普露將魚拉走才是上策。於是她像平時那樣，吸引怪物的注意。
「謝啦！」
「應該的！」
墨汁似乎不是常駐效果，和梅普露的毒被海水稀釋一樣，墨汁也逐漸散開。

而且好像沒有下一次，又能見到烏賊悠游的樣子。

「在那裡啊……好像剛剛好打得中吧……？好！梅普露！」

莎莉呼喚夥伴。

梅普露當然是立刻爬起來趕過去。

「要怎麼打？」

「跟我來！【跳躍】！」

莎莉往靠近的烏賊跳，但還差十五公尺。

「【衝鋒掩護】！」

梅普露按指示緊跟上去。

「開始囉！【過肩摔】！」

莎莉抓住梅普露就往水面丟。

「唔咦咦咦咦？」

「【衝擊拳】！」

碰地一聲，莎莉的拳擊出氣彈，推擠梅普露衝破水面。

向烏賊直線飛去的梅普露順勢掃出塔盾。

血條大幅消滅。

「知道梅普露砲的厲害了吧！」

「我、我要怎麼落地啊！」

「…………沒想過。」

長時間探索後接著長時間戰鬥，難免使莎莉思考變得遲鈍。

梅普露鏗鏘一聲摔在地上，是不久之後的事了。

◆□◆□◆□◆□◆

「我的攻擊打那樣的話……」

莎莉輕盈著地後喃喃地說。

梅普露摔在她身旁。

從二十五公尺高度摔下來也毫髮無傷。

她的強韌實在很可怕。

相形之下，烏賊的ＨＰ和防禦力就比較低了。

從莎莉的攻擊即可快速削減牠的血條，也能看出這一點。

巨大烏賊要是中了梅普露的強力攻擊，一次扣掉兩成ＨＰ也不足為奇。

「這樣時間縮到只剩三小時了。」

「還要三小時啊……」

梅普露已經沒有【暴食】可用，不能重施故技。

「啊，又吐墨汁了。」

「海原本那麼漂亮，現在……」

墨汁和毒液，使原本綺麗的藍色蕩然無存。

兩人拚命地撐，ＨＰ總算扣到剩下一成。

這時，魔王出現最後的變化。

「咦？魚怎麼……」

魚群身上的藍色特效消失，連身體的水分也全沒了，霎時風化而逝。

消失特效升上空中，被烏賊吸收進去。

「有厲害的要來囉！」

「知道了！」

梅普露架起塔盾。

【暴食】用光以後，盾牌總算像面盾牌了。

巨大烏賊渾身一震，全身纏繞和魚群同樣的特效跳出海水。

強勁藍光穩穩支撐著牠的軀體。

「來了！」

「【衝鋒掩護】！【掩護】！」

梅普露吶喊的同時，烏賊也發動突襲。

為保險而使用【掩護】的梅普露擋住這一擊而被烏賊撞飛，莎莉則趁隙成功迴避。

跳出水的烏賊又噗通一聲鑽回水裡了。

梅普露的血條一口氣掉了四成。

因為使用【衝鋒掩護】，她多受了一倍傷害。

如此火力足以貫穿梅普露裝甲的怪物，莎莉才只是第二次見。

「力量也變強了嗎……！」

莎莉緊盯著巨大烏賊，並對梅普露施放【治療術】。

既然烏賊會主動靠近，那也是她攻擊的機會。

「躲開再……砍一刀！」

莎莉戰意高昂，不過烏賊的目標仍是梅普露。

「【超加速】！」

莎莉瞄準正要攻擊梅普露的烏賊。

即使速度遭到降低，也依然掃出匕首。

「【三連斬】！」

莎莉連斬六次，並鑽過烏賊底下。

「【毒槍術】！」

梅普露的毒槍刺中了烏賊頭部。

儘管自己也受了衝撞的傷，但烏賊受創更大。

噗通一聲又鑽進水裡。

「下一次就幹掉牠！」

「剩一點點了！加油！」

兩人跟隨烏賊的動作，準備應付牠下一次衝撞。

要將寶貴的機會發揮出最大效益。

烏賊果真開始後退，準備衝撞。

「來囉！」

「嗯！」

兩人蓄勢待發地架起武器。

就在這時，烏賊的血條終於被毒削掉最後一小段。

「「咦？」」

烏賊的軀體化成光消失了。

污濁的水也受到淨化。

光輝有如水面倒映的太陽，在水中粼粼閃耀，慢慢消退。

「……好沒有贏的感覺喔。」

「……我懂。」

這樣的贏法，讓她們覺得很不是滋味。

然而勝利終究是勝利，兩人面前出現深藍色魔法陣。

「踩上去？」

「獎品呢？」

「嗯……這裡可能還有東西，我去水裡找找看喔？」

「麻煩啦！」

莎莉隨即跳進水中。

毒素沒了，就能盡情地探索。

「如果糖漿是海龜，就可以讓牠去玩一下了呢。」

無事可做的梅普露只能看著莎莉游來游去，直到她回來。

「只找到一條烏賊觸手。」

「銀幣呢？」

「嗯……我覺得沒有。我仔細檢查過珊瑚周圍了……而且我覺得獎品不太可能放在不顯眼的地方。」

「也對……」

沒找到銀幣而略感失落之餘，兩人踏上魔法陣。

原以為會回到懸崖上，結果是完全沒想到的水底。

「我、我會淹死！怎、怎麼辦！」

「嗯、嗯？梅普露！可以呼吸啦！」

「咦？奇、奇怪？真的耶……」

說話也沒有任何問題。

儘管水的觸感包覆全身，卻不會窒息。

「好奇妙的地方喔……」

「這裡就是『寧靜滄海』？」

如莎莉所言，這裡十分寧靜。

若兩人噤聲，只聽得見斷斷續續的氣泡聲。

感覺像海底，卻又接近水面。

這個催人睡意，被平靜藍色支配的空間中，還有個圍繞著珊瑚的藍色寶箱。

「打開囉？」

裡頭有兩枚銀幣和兩捆卷軸。

梅普露先收起銀幣。

莎莉拿起卷軸察看資料。

「什麼技能？」

「【古代之海】，有水系技能才能學習……可以叫出剛才那種發藍光的魚。」

莎莉說的就是對戰烏賊時已經看到煩的魚。

繼續看下去，發現魚噴灑的液體果然有降低【AGI】10％的能力。

對梅普露而言沒什麼用處，可是在莎莉手中就能提升戰略幅度了吧。

兩人是解開地面上的機關才來到海中，全然不曉得那其實削弱了魔王，也對部分獎品造成影響。

「呃……【毒龍】不行嗎？」

「再怎樣也不能算水系吧。」

「也對。」

梅普露還是姑且一試，果然是不能學習。

於是先收進道具欄，以後能學再說。

闔上寶箱以後，兩人躺了下來。

漫長的戰鬥和第五天的廢墟探索，讓身體累積了不少疲勞。

第五天是從遇見奏開始。

兩人不禁覺得這天也發生了好多事。

「能有一天悠悠哉哉地過，好像也不錯。」

「啊哈哈……真的。」

如果銀幣收集夠了，第七天說不定就能當度假了。兩人這麼想著，決定先睡一會兒。

這裡正適合睡覺。

「我們先……休息一下吧。」

「說得對……」

擁抱兩人的寧靜海底，成了活動至今最舒服的睡鋪。

第十一章　防禦特化與活動第六天

一段時間後，兩人起身整裝。

踩上魔法陣，傳送回原來的崖邊。

回過頭，廢墟景物依舊。

但貫穿大海似的深穴已經不見了。

「這樣就是打完了吧？」

「大概吧……可是銀幣還不夠。」

「啊，對喔……還差兩枚。」

兩人睡了很久，已經是第六天上午九點了。

「還沒有攻破的地城嘛……不是高難度……就是還沒被人發現。」

「這樣啊……那我們要趕快出發了。」

梅普露說完就想走。

可是莎莉拉住了她。

「梅普露，妳【暴食】的次數還沒恢復吧？」

「啊！……難道打烏賊的時候已經過十二點了？」

若【暴食】次數尚未恢復，梅普露也難以有效助攻。

莎莉稍事思考後提出一項建議。

「我們可能要認真獵殺玩家了。」

「唔……也只好這樣了。」

梅普露和莎莉不同，對PvP不甚積極。但她明白這是不是當獵人就是被獵的環境，作法必須務實。

至今遭遇的玩家，大多想打倒她們。

因此，至少那現在是最好的手段。

「那麼……進森林好了。梅普露，有看見那座山嗎？」

「嗯～？有啊。」

「我們到那邊去。玩家應該會聚集在那種特別醒目的地方。」

莎莉所指的，是與她們第二天所爬的雪山有段距離的另一座山。

或許會有地城，但因為地形顯眼，就算有也很可能早就被人攻破了。

「那就……出發吧？」

兩人即刻往山嶺前進。

決定方針後三小時。

兩人來到山腰的洞窟中。

路上曾遠遠發現其他玩家，可是他們當下就全速逃跑了。

莎莉覺得留下戰鬥力低到極限的梅普露不太好，沒有追上去。

「所以呢……妳先躲在這裡吧？」

「遵命！對不起喔。」

「沒事沒事！烏賊都是靠妳打的嘛。」

莎莉操作藍色面板，將她裝備的戒指交給梅普露。

那是能讓使用者與朧心靈相通的戒指。

「雖然換戒指要犧牲一點ＨＰ……不過我還是把朧留給妳當保鏢喔。」

梅普露取下強韌戒指戴上去，叫出糖漿和朧。

「好……我走囉！」

「加油喔！」

莎莉就此離開洞窟。

儘管糖漿和朧都沒升到級，仍具有中階玩家的程度。
足以提供一定水準的護衛效果。
要是梅普露被玩家打倒，至今賺的銀幣就全泡湯了。

「責任重大呢……對了！」
這個洞窟沒有魔王房，不過原本說不定是個地城，相當地大。
構造有如蟻窩，在山裡四通八達。
而梅普露就在洞窟的最深處。
「【毒液囊】！」
為防誤傷朧和糖漿，梅普露先把牠們收起來再進入毒液囊中，並持續擴大。
這是不需特殊條件就能使用的能力。
「在莎莉回來之前……我一定要活下去。」
梅普露的毒液每隔一定時間就進一步侵蝕狹窄的洞窟通道。
毒沼逐漸淹沒地城。
這畫面簡直就像梅普露自己成了這座地城的新魔王。

「走開～！誰都不准來～！」

梅普露不斷擴大毒液囊。

梅普露放毒時，莎莉已完全離開洞窟。

「只有我一個的話……會有很多人覺得我好欺負吧。」

有太多玩家知道梅普露的長相。

一見到她那特色強烈的裝備就逃之夭夭。

他們都知道梅普露的危險性在什麼程度。

可是莎莉就不同了。

沒幾個人認識她。

莎莉具有和梅普露同級的異常能力，且比梅普露更好戰。

幾乎沒人知道這一點。

而且，現在莎莉不會失去任何東西。

銀幣都放在梅普露身上。

「好久沒這樣了……就讓我來個大殺四方吧？」

對莎莉而言，和梅普露並肩作戰是很有趣，不過單打獨鬥也有另一種魅力。

莎莉奔下山嶺。

時間剛過中午，視野良好。

「喔！找到了。」

莎莉漫步在森林中，發現劍士與長槍手的女性雙人搭檔。她們倆也沒忘警戒四周，發現莎莉正在接近。

「開打囉！」

「ＯＫ～！」

劍士裝上盾牌，在防禦狀態下步步挺進。

「【疾風刺】！」

當長槍手攻擊莎莉時，劍士先預測莎莉的反應而做出下一步行動。

既然用匕首，應該是先閃避再說，就趁她重心不穩時出手攻擊。

她是這麼想的吧。

一般玩家不是向後就是向橫躲。

劍士猜測莎莉會向後躲，以猛衝逼近。

這樣對方向橫躲開也容易應付，是最好的選擇。

但莎莉不是一般玩家。

「咦？」

莎莉的閃躲方式與一般人不同。

她是貼著槍旋身，在閃避的同時前進，且匕首殺向滿是破綻的長槍手。

「【二連斬】！」

紅色特效飛濺，長槍手勉強保住小命。

並立刻收槍橫掃。

「不會吧？」

結果莎莉上身一仰，躲開了她的反擊。快得不像人的反應速度，凍住了長槍手的腦袋。

「好，收工。」

莎莉的匕首這次砍光了長槍手的血條。

「【猛力劈斬】！」

飛快的直劈從莎莉背後逼來。

劍士以為逮到了莎莉。

「…………！」

結果莎莉彷彿背後長了眼睛，忽然側身閃開。

一個簡單的動作，就讓瞄準莎莉身體中央的劍有如主動閃開她似的貼著她向前跑。

「【劈斬】！」

莎莉斬過劍士的同時錯身而過。

這讓劍士覺得十分詭異。

愈是攻擊，自己的處境就愈不利。

「唔……」

「【風刃術】！」

劍士瞪著莎莉思考如何才能擊中她時，沒想到對方還能用魔法攻擊。

莎莉是如此地異常，讓她連這種事都忘了。

「唔！」

劍士急忙向橫跳開閃躲。

失衡當中，她想到這是她們原先想用來對付莎莉的手法。

「再見啦。」

一般玩家想正面戰勝超乎常理的玩家，是極其困難的事。

這次，奇蹟並沒有發生。

「可惜，沒銀幣……」

莎莉繼續尋找下一個獵物。

很碰巧，第六天有很多玩家來到這附近。

活動過後，這些玩家開始口耳相傳——

他們說，她如幻影般消失。

他們說，劍會自己躲開。

他們說，她根本就是幻影。

日後人稱「第六天的惡夢」的殲滅劇，正是從這一刻揭開序幕。

◆□◆□◆□◆□◆

「好……回去吧……」

在滿場飛的紅色特效與玩家死亡特效中，莎莉如此呢喃。

假如這款遊戲受傷時顯示的不是特效而是噴血，這亮麗的藍色裝備已經變成亮麗的紅色裝備了吧。

日後讓人懷疑有遊蕩型強力魔王突然在這裡出沒的蹂躪終於結束。

因為莎莉湊到兩枚銀幣了。

「有銀幣的人真的很少耶……我們純粹是運氣好吧。」

就快日落了。

莎莉這樣邊跑邊打，已經持續五個小時。

就要沒入遙遠彼方的太陽，映出梅普露所在的山頭。

離此已有十公里遠。

擊倒的玩家超過一百以後，她就不再數下去了。

不過到手的銀幣僅僅只有兩枚而已。

莎莉說得沒錯，她們運氣真的很好。

另外，能夠在發現地城的當下就攻破地城，也表示她們的戰力與其他玩家有巨大差距。

「一定要穩穩帶回去。」

莎莉這麼說之後起腳奔跑。

途中遭遇的幾個玩家因此變成了光，全是出於無奈。

「好，到了！」

莎莉迅速進入洞窟。

記得路線的她一路趕往梅普露的所在地，但途中不禁止步。

「哇……」

通往梅普露的通道上，多了道毒牆。

就算能破壞，牆和地面也是沾滿毒液，很難越過。

「梅普露搞的吧……直接密她好了……」

傳訊息給梅普露後不久，她就穿過毒牆走出來了。

「我拿銀幣來囉。」

「喔喔！好厲害！」

莎莉將銀幣交給梅普露。

這樣兩人總共有二十枚。

再來只要堅守到底就行了。

「現在要怎樣？銀幣湊夠了，以後可以把時間都花在幫寵物練等級上喔。」

「啊！對了對了！關於這個，我有事要跟妳說喔！」

「什麼事？」

「跟我來！」

「呃……我過不去啦……」

莎莉無法通過沾滿毒液的地面。

「嗯……那妳坐在我的塔盾上吧？」

梅普露解除毒液囊，在毒牆消失以後將盾牌置於地面。

「上來了，然後呢？」

莎莉坐在塔盾上，感覺就像雪橇一樣。

「我用力推妳過去。」

「咦？」

「我用力推妳過去。」

「不行吧？」

「可以可以！」

梅普露死命地推。

塔盾只挪動五十公分就停了。

「……我不行了。」

「嗯，我就知道。所以呢？妳要跟我說什麼？先告訴我吧。」

「好，就是……我那個房間附近有一個小房間，那裡會出二十公分大的螞蟻怪物，可是都很弱，拿來給糖漿跟朧練功剛剛好！」

兩人沒有特別仔細搜查洞窟，沒注意到這件事。

梅普露是因為太閒，用毒液囊確保安全後在洞窟裡探索兼散步才會發現。

「會一直出嗎？」

莎莉問道。

如果每隔一段時間就會持續重生，在那裡幫寵物練等也不錯。

「每十分鐘會出三隻喔！」

「那麼……不好意思，妳可以幫我練嗎？我恐怕是過不去了……」

「知道了……看我的！」

莎莉下了塔盾，梅普露就重新裝備塔盾，往通道另一端跑走了。

「嗯……沒事好做了。」

莎莉姑且先折回去。

洞窟不是整個都灌滿毒，大概只有三分之一。

她在距離入口不遠的大房間坐了下來。
房間是正方形，每邊約二十公尺，牆上有裝飾。
莎莉猜想，這裡原本或許是中魔王的房間。

「來保護梅普露吧。」
這裡不是用魔法陣傳送的地城。
且也許是因為已遭攻破，怪物生得很少。
只留下幾個梅普露說的那種地方。
不過莎莉不知道這樣的地方不只一處。

那麼，莎莉要保護梅普露不受什麼攻擊呢？
不是怪物，是玩家。
在地城所剩不多的現在，只要是狀似地城的地方，就會吸引玩家進來找銀幣。

「要是有人有【毒免疫】就完蛋了。」
倘若對方有【毒免疫】又有一定水準的防禦力，憑現在的梅普露沒有勝算。
莎莉認為，既然無事可做，就該專注在保護梅普露上。

「這裡……也變得真的像地城一樣了呢……」

梅普露是魔王，莎莉是中魔王，獎品是二十枚銀幣。

路上還幾乎沒怪物。

簡直是破格的地城。

「非得守到第六天結束不可……」

到了第七天，削弱梅普露的限制就會解除。

撐到那時候，梅普露就復活了。

「用這種說法……感覺梅普露好像變成某種魔神一樣……」

從這附近聚集這麼多玩家來看，山脈另一邊說不定已經被清得差不多了。

「如果那邊沒東西能找，就會到這裡來吧？」

莎莉等了一會兒，聽見正面通道有聲音傳來。

「有東西喔！」

架持武器走進房間裡來的，是一組四人團隊。

莎莉迅速察看他們的武器。

長槍、塔盾、法杖、巨劍。

很平衡的編制，平時都是團隊行動吧。

「你們來這地城做什麼？」

「妳……是玩家……吧？」

有個裝備豪華的少女佇立在明顯是中魔王房間的地方，不懷疑也難。

雖然有血條，可是怪物也有。

假如莎莉說自己是怪物，玩家也很可能會相信。

「要和我一戰嗎？」

若說自己是玩家，也會為了搶銀幣而殺過來吧。說自己沒有，他們也不會信。

再說，就算他們不理莎莉，也會繼續往深處探索，遲早會遇見梅普露製造的毒通道。

肯定會認為這是還沒遭到攻破的地城。

要是讓他們通過毒通道就完了。

還是打倒他們最安全。

於是莎莉心想，既然要打，裝成怪物來打還比較有趣。

所以她模仿固定語句的方式來回答。

「看來……是中獎了！」

四人都信以為真，以為莎莉是中魔王，這座地城還沒被人攻破。

「希望這會是一場愉快的戰鬥。」

莎莉周圍出現纏繞藍光的魚群。

她想扮成怪物，不只是因為有趣。

最主要是因為之前的殲滅劇使她戰意高昂。

還想再多打幾場。

若以為是怪物，對方肯定會殺過來，而且是全力以赴。

反正無論如何都是非打倒他們不可，當然要用有趣的方式。

對莎莉而言，玩得開心才叫做遊戲。

「呵呵呵……戰鬥真的很有趣呢。」

「小心點！我們上！」

「「「喔！」」」

人玩電子遊戲，都是為了尋找現實所沒有的快感吧。

莎莉和那四名玩家都不例外。

◆□◆□◆□◆□◆

鏡頭回到梅普露。她趴在深處的小房間裡，替糖漿和朧喝采助威。

「【啃咬】！上啊！加油！【狐火】！」

看著牠們打倒螞蟻，梅普露滿意地微笑。

「就是這樣～！就是這樣！要努力升級變強喔！」

梅普露爬起來摸摸牠們。

要是她身上完全沒有裝備，看起來就是個和寵物玩耍的普通少女。

也是現實中常見的畫面。

她完全不曉得莎莉就在附近奮戰。

說起來，梅普露這樣的玩家或許算是特例。

她就這麼和朧跟糖漿玩了好一陣子。

一下你追我跑，一下抱抱。儘管那對升級沒有直接影響，梅普露還是度過了一段很快樂的時光。

「還是不要再跑給牠們追了……嗯，會被追上一定是因為房間太小……」

梅普露坐在地上，注視走來走去的糖漿喃喃自語。

時間一分一秒過去，怪物再度現身。

「啊，來了來了！【嘲諷】！糖漿用【啃咬】，朧用【狐火】！」

梅普露用【嘲諷】引來怪物就一屁股坐下來。

朧和糖漿從攻擊像搔癢的怪物背後給予傷害。

「加油～！加油～！再一次【啃咬】、【狐火】！」

在梅普露的守望下，朧和糖漿又成功打倒蟻型怪物。

「升級了！好耶！呵呵……你們很棒喔～啊！學會新技能了！」

梅普露誇獎牠們以後又玩起來。

即使知道關愛牠們對屬性不會有影響，她還是寧願持續這麼做。

「在現實都不能和你們這樣的動物開開心心一起玩呢。嘿嘿嘿……好可愛喔～」

梅普露也以自己的方式，盡可能地享受替寵物升級的工作。

◆□◆□◆□◆□◆

「呃啊！」

「拜拜啦。」

玩家們化為光消失了。

莎莉收起匕首就地坐下。

玩家已經不知是第幾次來襲，但沒有一個能傷到莎莉分毫。

第六天就快結束了。

「還剩三十分鐘啊……」

現在時間十一點半，距離上次襲擊已經很久沒人出現。

只要梅普露能力恢復，第七天就能自由行動了吧。

要保持現況守在地城裡也好，外出也可以。

「這是今天最後的……對手了吧……？」

莎莉站起來抽出匕首。

她聽見有人走近的聲音。

「嗯？」

「……嗯？」

入侵者和莎莉四目相對。

對方只有一人。

裝備是美麗的和服和武士刀。

「又……又見面啦！」

「唉……霞，妳來這裡幹什麼？」

沒錯，入侵者正是霞。

她連拔刀的意思都沒有。

即表示沒有戰意吧。

莎莉也不打算和她打。

要是霞攻過來，她當然會應戰。

但對方是曾經與她協力攻破地城的人，莎莉絲毫沒有主動攻擊的意思。

「我好歹也有一枚金幣，所以想在這裡躲躲。」

「我們也是一樣。」

「梅普露果然也在啊？沒看到人呢……」

「她龜在裡面。」

「可以去找她嗎？」

「如果不能在毒液裡面走，會馬上死翹翹喔？」

聽莎莉這麼說，霞立刻就了解裡面是什麼情況，打消念頭。

「不過她遲早會自己出來啦。我銀幣都放在梅普露身上……自己留在這裡打想找銀幣的人。」

這讓霞有個提議。

「那我也可以留在這裡嗎？在外面走的話沒事就要跟人打……」

霞也是相當知名的玩家，在室外活動的遇襲機率自然比一般人多。

「好哇，有人進來就砍。」

「好的。我也想帶金幣回去。」

就這樣，中魔王變成兩個了。

有霞加入，其他玩家誤認莎莉是怪物的可能就會遽減。

不過她帶來了金幣的誘惑，開戰機率或許差不多。

兩人邊聊天邊監視通道時，梅普露從她們背後的通道現身了。

「莎莉！牠們升級囉！妳看妳看！糖漿也學到新技能……咦？」

梅普露兩側帶著糖漿和朧，從裡頭跑出來。

並和霞對上雙眼。

「霞！妳怎麼在這裡！」

「嗯……我是來這裡保護金幣的啦……那兩隻是什麼？」

除梅普露和莎莉外，霞是第一個見到糖漿和朧的人。

「牠們是我們的夥伴喔！」

之前遇到霞時還沒跟她聊怪鳥的事，現在全告訴她。

霞聽了怪鳥的強度和她們倆能夠打倒牠，感到十分驚訝。

「獎品還有蛋啊……目前只有妳們兩個有吧。我也遇過不少玩家，可是從來沒見過這樣的東西。」

霞猜對了。

目前取得幻獸的就只有梅普露和莎莉。

未來的活動會如何提供幻獸還很難說，但多半依然是高難度地城的破關獎勵。

「對了，朧還給妳。」

「嗯，謝謝。」

兩人恢復原來裝備。

「再來怎麼辦？到外面去嗎？」

時間已過十二點。

梅普露恢復戰力，不必躲在洞窟裡也能生存。

然而梅普露不太想拋頭露面。

覺得還是小心為上，堅守到底比較保險。

於是她坦然說出自己的看法。

「那麼……總之先把通道破壞掉吧，這樣就安全多了。」

「嗯，收到！」

梅普露走向大房間入口抽出新月。

張開好久不見的紫色魔法陣。

「【毒龍】！」

毒龍朝出口飛竄，將狹窄通道沾得滿滿都是毒液。

途中還吞噬一組團隊，又把碰巧在出口看情況的玩家臉轟掉，可是梅普露當然不會曉得這些事。

她順著毒龍向前走一小段再設下【毒液囊】就回來了。

「這樣就確保安全了！」

「真是的，我和霞都出不去了啦。」

「啊，對喔。都忘了這件事……我相信妳們喔？」

在這情況下，霞無路可逃。

也就是有機會硬搶她的金幣。

梅普露聽了霞的話而與莎莉對看，然後搖了搖頭。莎莉不會不懂她的意思，兩人就此說定不動霞的腦筋。

「再來就只是等到這天結束吧。」

先睡一覺是不錯的選擇。

沒必要將疲勞帶到第七天去。

為防萬一，三人留一個盯梢，輪流睡覺。

結果一個入侵者也沒有，安然迎接了第七天早晨。

入口倒是有幾個有抗毒能力就走進來，結果喪命的玩家。

◆□◆□◆□◆□◆

「早安。」

「早安！」

「早安，最後一天了呢。」

長達七天的活動終於就要落幕。

梅普露和莎莉都已達成目標，在活動中有充實的體驗。

「啊，對了！不曉得什麼時候會需要銀幣，我先給妳喔？」

梅普露從道具欄取出莎莉那一份交給她。

「謝啦。」

莎莉點清後收起來。

霞沒有特地費心在尋找銀幣上，是以守住金幣的態度參加這場活動，銀幣沒有她們那麼多。

「可是話說，一整天都窩在這裡有點無聊耶。」

「是沒錯。」

「那拿妳的玩具出來嘛？妳不是帶很多嗎？」

梅普露接受莎莉的提議，將身上所有玩具都擺出來。

黑白棋也在其中。

「小奏真的好強喔～」

梅普露想起她和奏的對奕。他們曾約好下次見面再來下棋。

「小奏？誰呀？」

霞不認識奏，梅普露便為她說明。

然後順著這個話題聊起戰勝巨大烏賊的經過，讓霞非常驚訝。

像她們這樣能夠連續戰勝強敵的玩家實在很少。

「我看只是妳太弱了吧？要和我下一盤嗎？」

「唔唔唔……瞧不起我？要下就來下呀？」

「好哇？」

梅普露選黑，莎莉選白，遊戲開始。

結果——

整盤幾乎都翻黑了。

「咦……妳太強了吧？」

「我還滿會玩的喔？不過還是輸給小奏……」

「那我們換玩其他的！可以三個人一起玩的！」

莎莉不想再輸，提議選其他遊戲比賽。

她知道自己黑白棋下不贏梅普露。

三人玩遊戲的期間，沒有一個玩家跑來攪局。

終於。

活動結束的時候到了。

活動場地響起全域廣播，公告所有玩家將於五分鐘後傳回原來地區。

要和霞說再見了。

「我們回去以後再見吧。」

「好，下次再見。」

認識新的人，獲得新的力量。

使兩人十分滿足的第二次活動就此落幕。

第十二章　防禦特化與選擇技能

活動結束，人們返回原來的地點。

加速的時間也恢復正常。

官方公告表示，自公告三十分鐘後開放以銀幣兌換技能，需要分發銀幣的玩家請儘早處理妥當。

梅普露已經交給莎莉了，這方面沒有問題。

「會有什麼技能呀？」

「天曉得，公布之前說不準的啦……」

三十分鐘後。

官方再度公告，表示可以換技能的玩家將個別傳送到專用房間。由於沒人能提供意見，只能憑自己的理解來選自己認為必要的技能。

擁有十枚以上銀幣的玩家很快就全身發光消失了。

不足十枚的，可以留到下次活動。

與屬性畫面一樣的藍色填滿了梅普露的視野。

一塊面板飄浮在這個沒有出口的房間中央。

梅普露走過去，看見上面列出許多技能的名稱。

點擊名稱就會開啟詳細說明頁。

「呃……總共是一百個吧？」

有戰鬥型技能、工匠型技能、提升屬性型技能與不屬於以上三種的技能。

並依此序排列。

「好像沒有時間限制……那就得慢慢看清楚再選囉！」

梅普露能選兩個技能，且明顯不需要攻擊型技能，直接略過。

像【聖劍術】或【龍槍】這種，看名字就知道拿了也沒用。

至於工匠型技能，則因為【ＤＥＸ】太低而毫無效果可言。

因此，梅普露能選的技能很有限。

在可換技能的玩家之中，梅普露是有用技能最少的一個。

需要考慮的時間自然相對地少。

「【全抗性強化】……喔不，【要塞】也不錯……換個方向選【魔力增強】也是有用……」

梅普露迷惘地察看各種技能。

「嗯？…………嗯嗯？」

突然間，梅普露將目光停在一個技能上。

還盯著技能說明好長一段時間，簡直要盯穿它。

「就、就是它！一個就是它了！」

梅普露靈光一閃。

她相信自己的直覺，當場選擇該技能。

「剩一個選什麼好呢……」

梅普露再度瀏覽技能。哪個技能再激起她的靈光，就選哪個。

「哪個好呢～？嗯……」

然而找不到特別有感覺的技能，苦思到最後選了【要塞】。

【要塞】是能使【ＶＩＴ】增為一．五倍的技能。

不需發動條件也沒有代價，的確有用寶貴銀幣換取的價值。

雖然梅普露早就擁有能與其相媲美的技能，不過那單純是因為她比較——不，是非常異於常人才會取得。

總之選擇結束以後，梅普露又全身發光，消失不見了。

◆□◆□◆□◆□◆

活動結束一天後。

討論版的熟面孔又聚集起來。

542名稱：無名塔盾手
活動終於結束了。
有好多話題能聊喔。

543名稱：無名巨劍手
結束了～
好漫長啊。

544名稱：無名長槍手
在現實只過兩小時耶～
感覺好神奇。

５４５名稱：無名塔盾手

真的～

５４６名稱：無名巨劍手

有人拿到十枚銀幣嗎？

我根本不行。

５４７名稱：無名法師

沒辦法。

地城很難打，

而且連搜七天實在很累。

５４８名稱：無名長槍手

就是啊。

５４９名稱：無名巨劍手。

我爬到最高峰上結果什麼也沒有，就累到不想找了。

550名稱：無名塔盾手
山頂有圓形平台那個？
有小祠堂嗎？

551名稱：無名巨劍手
就是它。
知道那是什麼嗎？

552名稱：無名長槍手
好好奇喔。

553名稱：無名法師
我也想知道。

554名稱：無名塔盾手

好。

我就長話短說吧。

我也爬到那上面過，

當時山頂的祠堂前面有一個魔法陣。

結果傳送過去以後，馬上就被裡面的鳥型怪物打趴了。

根本是狂電，一點辦法也沒有。

牠會發射密密麻麻一大片的冰彈，我隊友光是被一個打中就噴了。

這火力真的很誇張。

既然你上去的時候什麼也沒有，就表示已經被人幹掉了吧。

５５５名稱：無名巨劍手

啊？

不可能吧？

敵人的ＨＰ只有1的話還勉強能懂。

556名稱：無名長槍手
你是克羅姆沒錯吧？
你撐不住的話有誰能撐啊……
喔不……真的有。

557名稱：無名法師
我也只想得到一個。

558名稱：無名塔盾手
故事還沒完。
當時山頂還有另一隊。
正好就是梅普露和大概是她朋友的人。
她全身穿藍色系的裝備，又帥又可愛。

所以既然魔法陣消失了，
很可能就是被她們打掉的。
因為她們排在我們後面。

５５９名稱：無名巨劍手
啊～那可能真的就是她們打掉的。
靠梅普露硬推。
或者是她的朋友（？）也是怪物級？
不曉得是怎樣。

５６０名稱：無名弓箭手
抱歉遲到。
不過我帶來了兩個有趣的消息。

５６１名稱：無名塔盾手
什麼消息？

562名稱：無名法師
放馬過來！
嚇不倒我的！

563名稱：無名弓箭手
第一個。
活動第六天好像有個地方發生慘劇。
好像是身穿藍衣的人型遊蕩怪造成的？
會是玩家嗎？

總之她看起來沒用技能就能閃過所有攻擊，貼到對手身邊把人幹掉。
人家說她會突然消失，或是劍會自己閃開。
有很多受害者。

聽說她後來變成附近某個山洞裡的中魔王。
還有人說那個山洞有毒龍衝出來。

５６４名稱：無名塔盾手
原來如此。
嗯……藍衣啊～
毒龍啊～
好像在哪聽過呢～

５６５名稱：無名巨劍手
毒龍很像是梅普露，其實根本就是她吧。
兩個怪物聚在同一個地方，受不了啊。
所以是那樣嗎？
藍衣怪物就是她朋友？

５６６名稱：無名法師
很有可能是這樣。
那麼那個女生也很可怕。
能看出劍會怎麼砍，根本不是人啊。

567名稱：無名長槍手
既然是活動裡的事，就不是靠金幣技能。
所以她不是用了取得條件還不為人知的技能，
或純粹是她個人的技術吧。
後者的話真的很扯。

568名稱：無名塔盾手
說到金幣技能，我想起一件事。
梅普露的超高防禦很可能就是來自那裡面其中一個。

【要塞】
會讓VIT變成一．五倍。

她身上很可能有不只一個這種技能。
我不覺得單靠一個可以有那種防禦力。
我的VIT乘一．五也沒有那麼硬。

569名稱：無名法師
梅普露說不定有拿那個喔。
或者說她一定會拿吧，
畢竟她至少有一枚金幣。
她還要變得更硬喔？

570名稱：無名弓箭手
拉回來講第二個。
活動過後，我在沒有人的沙漠看到梅普露和她的朋友。
而這個好久不見的梅普露呢——
竟然坐在飛天巨龜的背上到處下毒雨。

571名稱：無名法師
等等，我腦筋轉不過來。

572名稱：無名塔盾手
沒有那種技能吧？
應該沒有。
真的沒有嗎。
人家不管了啦。

573名稱：無名巨劍手
她到底拿了幾枚銀幣啊？
那到底是什麼狀況？

574名稱：無名弓箭手
我也不曉得。
總之問題在於——
烏龜、
會飛、
毒雨，

這三樣。

就當毒雨是她的「標配」好了，其他兩個還是很難懂。

一定是跟活動有關。

575名稱：無名長槍手

這遊戲沒有馴怪的吧？

等等，

活動裡有出現過這種道具嗎？

576名稱：無名塔盾手

梅普露的外號又要變多了呢～

「要塞」是幾乎公認的，

不過以後要改名了。

變成「浮游要塞」。

577名稱：無名法師

才幾天不見，她就不知道要衝到哪裡去了。
好想看她的技能表和裝備欄。
真的變成「浮游要塞」了耶。
說不定時間有限就是了。

578名稱：無名巨劍手
她那個朋友也需要觀察。
會聚在梅普露身邊的人，基本上都是怪咖。

579名稱：無名弓箭手
我覺得那已經不是普通玩家了。
好想跟她打打看。
能夠閃掉全部攻擊，說不定是因為有某個凶殘的技能。
不打一場不曉得有多可怕。

580名稱：無名塔盾手
那我這幾天找個時間去看看好了。

我跟梅普露有加好友，
希望到時候能探一下她的實力。

581名稱：無名長槍手
期待佳音。

582名稱：無名巨劍手
看你的囉！

◆□◆□◆□◆□◆

「莎莉，妳選什麼技能呀？」
選完金幣技能後，兩人坐在第二階城鎮的長椅上。
「嗯……我猶豫了很久，最後選【追刃】。」
「【追刃】？」

梅普露沒看攻擊型技能的內容，不曉得那是什麼樣的技能。

「呃……就是用武器命中目標時會追加一擊，傷害是該次攻擊的三分之一……應該吧。」

「所以……？」

「攻擊次數會變兩倍。我是二刀流，所以用【二連斬】的話會打八下。」

「好強喔！」

「不過因為【博而不精】的關係，玩二刀流又會降低每下傷害，還不到真正能配出強招的時候啦。」

莎莉偏好次數多或快速的攻擊方式。

梅普露則偏好加強耐力。

「那妳選什麼技能？」

「其實我也還不曉得有沒有用喔。」

「咦？」

莎莉聽不懂梅普露究竟在說些什麼。

到底是什麼原因，讓她選擇了自己也不曉得有無效果的技能呢？

「我們到沙漠去吧？我想在沒人的地方試招。」

「唔、嗯，知道了。」

莎莉完全猜不到梅普露選了什麼技能。

「好～糖漿出來～」

梅普露叫出糖漿。

「糖漿！【巨大化】！」

糖漿全身隨這一喊而發光，逐漸變大。

高約三公尺。

體長約五公尺半。

這就是糖漿在活動第六天升級後獲得的技能。

【巨大化】

HP增為兩倍。

然而身體變大就等於容易挨打，即使HP增為兩倍，對於動作緩慢的糖漿而言目前效益並不好。

「要成功喔……要成功喔……」

梅普露緊閉眼睛，雙手合十地祈禱。

最後她猛然睜眼大喊：

「【念力】（Psychokinesis）！」

糖漿隨這響亮的呼喊飄了起來。

巨大的身體彷彿沒有一點重量，輕飄飄地浮起約十公尺才停。

「咦咦……？」

「好耶！好耶！成功了！」

梅普露樂得蹦蹦跳跳。

在對戰怪鳥那樣命懸一線的場面也依然冷靜的莎莉，卻看傻了眼。

儘管看就知道發生了什麼事，面對這種莫名其妙的狀況還是會讓人腦筋斷線。

梅普露純粹是憑直覺選技能。

那是莎莉做不到的事。

所以才會造成這個「無法理解」的狀況。

梅普露選的另一項技能，內容乍看之下不是她會選的東西。

【念力】 Psychokinesis

能使怪物浮上空中。
成功率將隨各怪物的抵抗率改變。
一旦失敗，一小時之內對同一目標無效。
對怪物以外無效。
所耗ＭＰ將隨抵抗率改變。

請梅普露分享說明文之後，莎莉更困惑了。

因為從技能說明來看，她完全不懂梅普露為什麼選這個技能。

就莎莉看來，這是用來束縛怪物的招式，但成功率不是百分之百，消耗似乎也不小。

「妳為什麼選這個？」

「因為我想和糖漿一起在天上飛！」

「啊，好喔。」

並沒有太深的理由。

梅普露只是覺得好玩、想這麼做而選了這個技能。

結果如前所述，梅普露的直覺偶爾會引起離譜到不行的狀況。

「梅普露啊？……糖漿牠，會一直飛嗎？」

「咦？……奇怪，真的耶？」

梅普露完全沒見到ＭＰ減少。

「……難道說！」

「什麼？妳發現什麼了？」

「糖漿不是普通的怪物吧？因為有『感情的橋樑』，和妳連結在一起。」

「嗯！對呀。」

戒指當然正戴在梅普露手上。

「那可是『感情的橋樑』耶？既然是和妳心靈相通的怪物……抵抗機率……會有幾%？」

莎莉想說的是，因「感情的橋樑」和梅普露連結的糖漿恐怕根本不會抵抗。

既然抵抗機率是０%，自然不會消耗ＭＰ。

說明文中沒有提到這點，所以莎莉直接忽視。

她沒必要拿寶貴的金幣去賭。

「也就是說，我可以跟糖漿一起飛很久很久囉？」

「是啊，就是這樣。」

「那其他小事就不用計較了。糖漿！回來！」

梅普露叫回糖漿。

「讓我騎上去～」

糖漿緊緊叼住梅普露的頭，稍微一晃後向上一扔。

「嘿！」

梅普露鏗鏘一聲掉在龜殼上。殼變得這麼大，坐起來很舒服。

接著她將高到拉到七公尺左右並環顧四周。

「梅普露～！有一大群鼠婦滾過來囉～！」

梅普露聽見莎莉從正下方喊來。

凝目一看，果真見到鼠婦活動時特有的沙塵。

「莎莉～！跑遠一點～！」

莎莉發現梅普露準備出招，立刻用【超加速】逃跑。

因為根本不曉得她會幹出什麼好事。

「【酸雨術】！」

梅普露向天刺出新月。

刀尖布展的魔法陣噴出大量直徑約十五公分的紫色水團，在梅普露周圍半徑十公尺

內隨機墜落。

「雨呀下吧下吧！下吧下吧！」

鼠婦一碰到梅普露下的雨，動作就逐漸停下。

既然無法快速移動，就只有等死的份。

遠方，有兩個人目睹了這樣的畫面。

一個是莎莉。

另一個是持弓的男子。

「「哇……」」

看來梅普露的神祕行為有很高機率降低目擊者的語言能力。

間話　防禦特化與官方4

那之後不久。

當螢幕上選擇技能的玩家人數歸零的瞬間，所有人都把體重釋放在椅背上。

這裡是官方的監控室。

所有人臉上淨是濃濃的疲憊。

不管是誰，都似乎一闔眼就會睡著。

「好，每個人都選完技能了。」

「呃啊……第二次活動好累……沒有出ＢＵＧ真是太好了。」

「不過梅普露已經變得像ＢＵＧ一樣了……看海皇是被她正常用機關削弱以後才打掉，讓人放了千千萬萬個心啊。」

「還很怕她不靠機關就打掉了呢。」

「要是不靠機關就打掉，連鳥和狼都被她們拿走了……」

「哎呀……搞不好真的會莫名其妙硬推掉呢。」

「是啊……總之能放心了。」

「唉……對了！她怎麼了？梅普露到底選了什麼招？」

「梅普露的話應該會選【要塞】之類的吧。是這樣沒錯吧……？告訴我是這樣沒錯……」

「對，她有拿【要塞】，沒問題。防禦力已經很奇葩了，還要再加實在是……咦！……念……念、力？」

「我有不好的預感。」

「我也是。」

「把梅普露找出來！弄到螢幕上！」

螢幕旋即跳出梅普露的身影。

她——

正坐在飛天巨龜背上，飛來飛去灑毒雨。

「——……慘了。」

「不是叫你們檢查技能嗎！我說得很清楚耶！」

「有、有檢查啊！可是我想說梅普露不會選那招，所以不需要調整……」

負責檢查技能的其中一人慌張地說。

「──那就叫做怠慢啦！」──

「梅普露什麼事都做得出來！這才是她的『普通』！」

「哇啊啊啊啊！哇啊啊啊！」

幾個人受不了那太過震撼的畫面，再加上實在太過疲憊，就這麼昏睡過去。

據說後來他們死心地關閉影像時，所有人都是一副虛脫的慘狀。

尾聲　防禦特化與戰利品

「好～打完了！」

梅普露降低糖漿的高度。

然後慢慢抓著牠的腿往下爬，不過最後當然是滑下去了。

將糖漿收回戒指之後，她回到莎莉身邊。

「我回來了～！」

「妳又往莫名其妙的方向進化了呢。」

「是嗎？」

「嗯。」

第二次活動中，她們還有拿到塔盾和卷軸。

都是來自蝸牛洞窟。

兩人當時想留到以後再看，結果直到現在才想起，正要拿出來看。

如果屬性好，梅普露還會有進一步進化吧。

「先從卷軸開始看吧。」

那是能取得【鼓舞】技能的卷軸。
霞也有一份。

【鼓舞】
提升半徑十五公尺內隊友的【STR】和【AGI】20%，持續一分鐘。
不影響使用者本身。

「組隊用的啊……對我來說好像沒什麼意義？」
莎莉提升梅普露梅普露的屬性也沒用。
0不管上升幾%都是0。
若能提升【VIT】，那還有得說，但這兩項就不必了。
不過莎莉姑且還是先學起來。
梅普露當然也一樣。

「再來看塔盾吧。」
這面用法杖與長槍跟霞換來的塔盾，是以紫色結晶構成。
見到這面塔盾，使得梅普露對蝸牛洞窟的回憶鮮明復甦。

「那邊也有這種牆壁呢～」

「就是啊……要是沒有蝸牛，我還會想回去逛一下。」

梅普露跟著檢視塔盾能力。

「紫晶塊」

【ＶＩＴ　＋30】【水晶牆】

接著繼續察看技能內容。

這面塔盾【ＶＩＴ】加得比「白雪」少，價值將取決於這個技能。

【水晶牆】

在周圍半徑五公尺處產生與使用者相同ＨＰ的水晶牆。

每五分鐘能使用一次。

「嗯……好像有用又好像沒用耶。」

如果是相同【ＶＩＴ】的牆，就是很可怕的技能了吧。

那表示梅普露身邊每五分鐘就會湧出一堆與她防禦力相同的障礙物。

「等妳HP高到一定程度以後，說不定就很有用了。」

屬性點若投注在HP上是每點加20，MP也一樣。

因此，比起全點【VIT】，看情況提升HP或學點恢復技能，對生存能力的幫助較為顯著。

全點【VIT】的人沒有滿街跑，原因就出在這裡。

要達到梅普露的境界，【VIT】的減傷能力才會有怪物級的成效。

「偶爾拿出來用用看好了。」

梅普露先將「紫晶塊」收回道具欄。

既然有【水晶牆】或許能在某些狀況派上用場。

「妳有那面塔盾就很夠了吧……」

莎莉指的當然是【暗夜倒影】。

很難有塔盾可以超越它吧。

「對了……我還升級了。」

「我也是。在妳陪烏賊玩的時候，我也殺了不少魚呢。」

梅普露

Lv29 HP 40／40〈+160〉 MP 12／12〈+10〉

【STR 0】【VIT 180〈+141〉】

【AGI 0】【DEX 0】

【INT 0】

裝備

頭 【空】 身體 【黑薔薇甲】

右手 【新月：毒龍】 左手 【闇夜倒影：暴食】

腿 【黑薔薇甲】 足 【黑薔薇甲】

飾品 【感情的橋樑】

【強韌戒指】

【生命戒指】

技能

【盾擊】【步法】【格擋】【冥想】【嘲諷】【鼓舞】
【低階HP強化】【低階MP強化】
【塔盾熟練Ⅳ】【衝鋒掩護Ⅰ】【掩護】
【絕對防禦】【殘虐無道】【以小搏大(Giant Killing)】【毒龍吞噬者(Hydra Eater)】【炸彈吞噬者(Bomb Eater)】
【不屈衛士】
【念力】【要塞】

莎莉

Lv24　HP 32／32　MP 45／45〈+35〉
【STR 35〈+20〉】【VIT 0】
【AGI 85〈+68〉】【DEX 25〈+20〉】
【INT 30〈+20〉】

裝備

頭　【水面圍巾：幻影】　身體　【大海風衣：大海】

右手　【深海匕首】　左手　【水底匕首】

腿　【大海衣褲】　足　【黑色長靴】

飾品　【感情的橋樑】

【空】

【空】

技能

【劈斬】【二連斬】【疾風斬】【破防】【鼓舞】

【倒地追擊】【猛力攻擊】【替位攻擊】

【火球術】【水球術】【風刃術】【颶刃術】

【沙刃術】【闇球術】

【水牆術】【風牆術】【提振術】【治療術】

【異常狀態攻擊Ⅲ】

【低階肌力強化】【低階連擊強化】【體術V】
【低階MP強化】【低階MP減免】【低階MP恢復速度強化】【低階抗毒】
【低階採集速度強化】
【匕首熟練II】【魔法熟練II】
【火魔法I】【水魔法II】【風魔法III】
【土魔法I】【闇魔法I】【光魔法II】
【快速連刺II】【斷絕氣息II】【偵測敵人II】【躡步I】【跳躍III】
【釣魚】【游泳X】【潛水X】【烹飪I】【博而不精】【超加速】
【古代之海】【追刃】

「就快30級了！」
「我已經很努力在練了，可是都追不上妳耶。」
「現在等級最高的人是幾級呀？」
「活動之前記得是61？應該吧？現在封頂是100級……說不定等他練到以後還會開放。」
「61！哇……好厲害喔……！我們短時間之內應該升不到吧。」
「人家境界不一樣，不能比啦。喔不……梅普露也是不同境界。」

說這種話的莎莉，在網路上也是被人當作怪物。

這次活動不像上次有公開轉播，所以她還沒那麼出名，不過待在梅普露身邊自然容易受人關切，她的能力遲早會是眾所皆知的事。

「明天要上學了……感覺是好久以前的事了喔。」

「就是啊。今天早點下線休息吧。」

「嗯！早點休息吧。」

兩人就此各自登出。

白光填滿眼前。

回到現實世界後，楓立刻查看時鐘。

「……真的只過兩小時耶……」

看著現實世界的時鐘，楓不禁讚嘆科技的神奇。

閉上眼，這充實的七天活動中種種經歷就鮮明地浮現腦海。

雖然有很多累人的戰鬥，卻也留下更多與理沙一同奮戰的快樂回憶。

「不曉得還會不會有這種活動？……下次希望能和霞和小奏一起玩……」

在餘韻中徜徉一會兒後，楓收心預習明天要上的課程。

「不曉得理沙有沒有在念書？……多半去睡覺了吧……」

楓想叮嚀她別忘了顧及課業，免得又被禁止打電動時，忽然發覺一件事。

「我真的……玩得好入迷喔……」

為了和理沙一起玩而想做一些事的想法，和楓開始遊戲前的理沙很像。

朋友就是會互相影響吧。

「現在……我可能比較能理解理沙那麼想找我玩這個遊戲是什麼心情了。」

明天見面以後再跟她聊聊吧。楓這麼決定以後，開始專心念書。

後記

從第一集開始接觸本作的讀者，好久不見。從第二集開始的讀者，大家幸會。不才夕蜜柑向各位問好。

多虧有各位的支持，《怕痛的我，把防禦力點滿就對了》第二集才能問世。能夠在這麼短的時間內就決定要發行第二集，也是因為有各位在。

在第一集發行後不久決定再版時，我總算是鬆了口氣。

在自己的作品成了書籍這般有形體的東西以後，才有點自己真的在寫作的感覺。

不過……看到它擺在書店裡，感覺還是非常奇妙。

彷彿不是自己的作品。

應該是因為原本距離很遙遠的事忽然貼到身邊的關係。

如果未來能夠繼續獲得各位的支持，一集集出下去，或許總有一天我會習慣吧。

現在的我，好像還不太能習慣這種事。

說不定繼續保持這種緊張的心情反而比較好。不管幾歲，我都不是能大方面對新事物的人。

總之，在第一集發行之後，我又有了點新的感觸。

寫《防點滿》第二集所需要做的事，和第一集不太一樣，一方面覺得新鮮，一方面也有令人不知如何是好的問題存在。

過程中我深刻體會到，刪減真的比增寫難太多了，而這也給不少人添了很多麻煩。

這條路上有很多我未曾體驗的事，讓我過得真的十分充實。

回頭顧盼，投稿《防點滿》第二集部分時已經是一年多以前的事了。不曉得從投稿初期就一路跟隨到現在的讀者，是不是覺得很懷念呢？

現在有狐印老師的許多漂亮插圖，責任編輯也為故事節奏作足了調整。

希望各位讀起來能有不同於一年前的新鮮感受。

最後，就讓我仿照第一集的結尾來給《怕痛的我，把防禦力點滿就對了》第二集作結。

既然有過一次偶然——

所謂有二就有三。

我就先相信這句俗話吧！

期盼我們在未來的第三集再會！

夕蜜柑

國家圖書館出版品預行編目資料

怕痛的我,把防禦力點滿就對了 / 夕蜜柑作 ; 吳松諺譯. -- 初版. -- 臺北市 : 臺灣角川, 2018.10-
冊 ; 公分. -- (Kadokawa fantastic novels)
譯自 : 痛いのは嫌なので防御力に極振りしたいと思います。
ISBN 978-957-564-488-8(第1冊 : 平裝). --
ISBN 978-957-564-697-4(第2冊 : 平裝)

861.57 107013895

Kadokawa
Fantastic
Novels

怕痛的我，把防禦力點滿就對了 2

（原著名：痛いのは嫌なので防御力に極振りしたいと思います。2）

2019年1月19日　初版第1刷發行
2023年6月7日　初版第8刷發行

作　　者：夕蜜柑
插　　畫：狐印
譯　　者：吳松諺

發 行 人：岩崎剛人
總 編 輯：蔡佩芬
編　　輯：黎夢萍
美術設計：黃永漢
印　　務：李明修（主任）、張加恩（主任）、張凱棋

發 行 所：台灣角川股份有限公司
地　　址：104台北市中山區松江路223號3樓
電　　話：（02）2515-3000
傳　　真：（02）2515-0033
網　　址：www.kadokawa.com.tw
劃撥帳戶：台灣角川股份有限公司
劃撥帳號：19487412
法律顧問：有澤法律事務所
製　　版：巨茂科技印刷有限公司
ＩＳＢＮ：978-957-564-697-4